AF155355

Gustave Aimard, Gustave Aimard

Eine mexikanische Rache und drei kleinere Erzählungen

Gustave Aimard, Gustave Aimard

Eine mexikanische Rache und drei kleinere Erzählungen

ISBN/EAN: 9783743448575

Hergestellt in Europa, USA, Kanada, Australien, Japan

Cover: Foto ©Andreas Hilbeck / pixelio.de

Manufactured and distributed by brebook publishing software (www.brebook.com)

Gustave Aimard, Gustave Aimard

Eine mexikanische Rache und drei kleinere Erzählungen

I.

Die Choza.

Wenn man von Acapulco kommt, dehnt sich die Küste von Mexico gegen Westen aus, sie ist niedrig und wird durch die Ufer von Coyuca ge= bildet; aber an der Spitze von Jequepa ange= langt, erhebt sie sich ein Wenig gegen Norden und man erblickt alsdann, ungefähr in einer Entfernung von zwanzig Meilen den Morro=de=Petatlan, welcher, Dank der zahlreichen Inseln, die ihn um= geben, selbst für die weniger erfahrenen Schiffer kenntlich ist.

Zwischen jener Landspitze und mehren unbe= wohnten Inseln liegt der kleine Hafen von Siguan= tanejo.

Ein Punct fast nur, der sich beinahe auf dieser unermeßlichen Küste verliert, besteht dieser allein von Indianern bewohnte Hafen aus einigen Hütten, die ordnungslos auf dem Ufer gruppirt und von

einer Art Ziegelsteinen erbaut sind, welche aus
nasser Erde, mit Stroh untermischt, bereitet und
an der Sonne getrocknet werden. Die Hütten
bieten einen der jammervollsten Anblicke dar, ein
kleines verfallenes Fort, auf welchem, wohl oder
übel, die mexikanische Flagge schwebt und in dessen
Schießscharten die verrosteten Schlünde einiger
Kanonen ohne Laffette sich breit machen, wird als
Schutz betrachtet für den Eingang der ziemlich
schwierigen Durchfahrt des Hafens.

Ein wenig außerhalb des Pueblo, halb verborgen inmitten grüner Baumgruppen von Palmen-,
Storax-, Granatäpfel- und Tamarindenbäumen,
ragen hier und dort einige reizende Häuschen
hervor, mit Dächern nach italienischer Art, welche
das Eigenthum reicher Kaufleute des Landes sind.

Dort, wie überall in Mexico, geht der Reichthum
mit dem tiefsten Elend Hand in Hand, und für
die kühnen und wenig scrupulösen Speculanten ist
das Glück leicht.

Indessen, ungeachtet des jammervollen Anblicks,
der sich den erstaunten Blicken des Reisenden dar-
bietet, ist Siguantanejo durchaus nicht wirklich
arm; es kann sogar für einen der reichsten Häfen
dieser Region angesehen werden; denn seine Bewohner beuten drei außerordentlich ergiebige Handels-
zweige aus.

Erstens den im großartigen Maßstabe organi-

firten Schmuggelhandel, ferner die Perlmuschel=
fischerei, da es solche Muscheln in den Anspülungen
der Insel in Ueberfluß giebt, und endlich die Salz=
ernte, die von den zahlreichen Salinen herrührt,
welche längs der Küste zerstreut liegen. Auch wird
ein sehr ausgedehnter Küstenhandel getrieben und
zu gewissen Zeiten des Jahres ist die Rhede von
Siguantanejo mit leichten Fahrzeugen bedeckt, die
theils Ladung einnehmen, theils die nothwendigen
Lebensmittel für den Bedarf der Bewohner
bringen.

Die Bevölkerung besteht also hauptsächlich aus
Seeleuten und Schmugglern, eine Art Leute, deren
leichte Moral die Eröffnung zahlreicher Pulquerias
nöthig gemacht hat, die sich an allen Straßenecken
ankündigen; und ferner öffentliche Bälle, deren
kreischende Guitarren Tag und Nacht die Vorüber=
gehenden mit ihren Ohren zerreißenden Tönen
belästigen.

An dem Tage, an welchem unsere Geschichte
beginnt, das heißt am 7. November 1862, herrschte,
ganz gegen die Gewohnheit, ein tiefes Schweigen
im Pueblo; obwohl es noch kaum vier Uhr Nach=
mittags war, waren die Straßen leer und die
Läden geschlossen; zwei abgetakelte und auf den
Strand gelaufene Goeletten zeigten kläglich ihren
schwärzlichen mit Muscheln bedeckten Kiel, man
vernahm kein anderes Geräusch als das traurige

1*

und fortgesetzte Murmeln der auf den Ufersteinen sich brechenden Wogen und das Summen der unzähligen Myriaden von Mosquitos, welche in den Strahlen der untergehenden Sonne kreisten. Der Himmel hatte eine kupferrothe Farbe; die Hitze war erstickend, und dicke gelbe Wolken, aufgehäuft um den Gipfel des Morro=de=Petatlan, um welchen sie eine düstere Glorie bildeten, weissagten einen nahen Sturm, eine Art furchtbarer Scirocco, der jenen Gegenden eigenthümlich ist und Cordonnazo genannt wird, welcher oft schreckliche Verwüstungen in den Regionen anrichtet, in denen er wüthet.

Beinahe einen Büchsenschuß von dem Pueblo entfernt, in einer vollständig isolirten Lage am Ufer des Meeres, erhob sich ein Häuschen, dessen weiße Kalkwände und zierlicher Mirador heiter von dem grünen Laube abstachen, in deren Mitte es verborgen lag. Eine lebendige Hecke von Cactus und Aloe schloß es, außer der des Meeres, von allen Seiten ein, dort befand sich ein mit Rohr gedeckter Breterschuppen, der einem Fahrzeug zum Schutze diente, welches, obwohl es sich in diesem Augenblick nicht dort befand, dennoch dem Anscheine nach von ziemlich großen Dimensionen sein mußte.

Dieser Schuppen sprang bis zur Mitte des ganzen Raumes vor, mit dem es vermittelst einer hölzernen Fuge in Verbindung stand, in welcher der Kiel des Fahrzeugs dahin glitt, sobald sein Eigenthümer es auf's Trockene ziehen und unter Dach bringen wollte.

Nach mexikanischer Gewohnheit befand sich vor diesem Hause ein Portillo, unter welchem eine Hängematte von Aloefäden hing; in dem Garten liefen Hühner umher und ein prächtiger, schwarz und weißer Neufundländer saß ernst auf seinen Hinterfüßen an der Thür des Hauses und schien, als wachsame Schildwache, über die Sicherheit seiner Bewohner zu wachen.

Mochten diese sein, wer sie wollten, ihr Haus hatte, obwohl es dem Aeußern nach bescheiden, selbst ärmlich war, etwas Heiteres, Angenehmes und Gastfreies, was man gern sah.

Die in dieser reizenden Eremitage lebenden Bewohner mußten, wenn nicht vollständig glücklich sein — das vollkommene Glück kann auf dieser Erde nicht existiren — sich wenigstens eines reinen Gewissens erfreuen und ein ruhiges Leben führen, frei von jenen materiellen Verdrießlichkeiten, welche gewöhnlich unser trauriges Dasein trüben.

So war wenigstens der Eindruck, welchen der Fremde empfand, den der Zufall zu diesem Häus=chen führte, und welcher im Vorübergehen einen verstohlenen Blick über die Hecke warf, die seine einzige Einzäunung bildete.

Der Neufundländer, welcher seit geraumer Zeit

die Augen beständig auf das Meer geheftet hatte, das er von dem von ihm gewählten Platze leicht übersehen konnte, wandte plötzlich den Kopf rückwärts und erhob sich, mit dem Schwanze wedelnd und mit jenem halb unterdrückten Bellen, welches bei diesen verständigen Thieren ein unzweideutiges Zeichen der Freude ist.

Fast in demselben Augenblick erschien eine Frau auf der Thürschwelle, die sich aller Wahrscheinlichkeit nach zu einem Ausgang anschickte.

Diese Frau war jung, sie schien kaum achtzehn Jahre alt, sie war schön, von jener mächtigen und erregenden Schönheit der Creolinnen andalusischer Race.

Von kleiner, selbst etwas schwächlicher Gestalt, aber bewundrungswürdig proportionirt, war sie stolz gewölbt in ihren vollen Hüften, was ihren geringsten Bewegungen etwas anmuthig Biegsames gab, und ihrer Haltung eine wollüstige Mattigkeit verlieh. Ihre großen blauschwarzen Augen, mit Brauen von untadelhafter Zeichnung überwölbt, ließen durch die Franzen ihrer langen sammetartigen Wimpern Blicke voll zärtlicher Verheißungen hervorgleiten; ihr lachender Mund mit leicht gehobenen Winkeln, von rosigen Lippen begrenzt, war mit einer Reihe blendend weißer Zähne besetzt; ihr durch die heißen Liebkosungen der Sonne gebräunter Taint spielte in goldnen Reflexen.

Ihr Anzug war einfach; sie hatte ihre dicken
und langen Haarflechten unter die Falten eines
flatternden Rebozo's geborgen; ihr durchsichtiges,
weißes Mousselinkleid, durch die neugierige Meeres-
brise etwas emporgehoben, erlaubte die Umrisse
eines wohlgeformten Busens undeutlich zu erkennen; ihre Kinderfüßchen waren mit feinen
Sandalen von Aloegarn bekleidet. Diese rührende
unbewußte Grazie, dieses kindliche Gesicht, in dessen
Linien sich ganz das Weib offenbarte, der jung-
fräuliche Ausdruck dieser reinen Physiognomie
flößten Achtung ein.

In diesem Augenblick erhöhte noch ein Schatten
von Melancholie und Unruhe, der über die Züge
dieser Frau verbreitet war, den geheimnißvollen
Reiz, welcher von ihrer ganzen Person auszu-
strömen schien.

Sie war lässig und verstimmt auf der Thürschwelle stehen geblieben; die Schulter gegen die
Einfassung der Thür gelehnt, ließ sie traurig ihre
Blicke über das sich kräuselnde Meer schweifen,
verloren in eine Welt von peinlichen Gedanken,
die ihren Busen schwellten und große Thränen in
ihre Augen lockten; der Neufundländer hatte sich
an sie gedrückt und leckte schweigend ihre herab-
hängende Hand.

Es lag ein ganzes Drama in dieser scheinbar
so einfachen Scene.

Zehn Minuten ungefähr verflossen, ohne daß das junge Mädchen ~~ihre~~ Stellung änderte und aus der stummen Betrachtung, in welche sie versunken war, sich aufraffte.

Da hob plötzlich der Hund wieder den Kopf in die Höhe und ließ ein dumpfes Bellen hören.

„Was giebt es, mein guter Hund?" sagte sie mit sanfter, harmonischer Stimme, indem sie sich zu ihm neigte und ihn leise liebkoste, „wird er endlich kommen?"

Der Hund richtete seine intelligenten Augen auf seine Gebieterin und antwortete durch ein zweites Bellen, während er zu wiederholten Malen mit dem Schwanze wedelte.

„Oh! er täuscht sich nicht," murmelte sie; „Lindo's Geruch ist unfehlbar, er hat Albino erkannt. Mein Gott, warum hat er so lange gezögert! Und Marcos!" setzte sie hinzu und warf einen langen, traurigen Blick auf das Meer.

In diesem Augenblicke ließen sich die wohlklingenden sanften Töne einer frischen Stimme, in einer ziemlichen Entfernung vernehmen; es herrschte indessen eine so vollständige Stille, daß man deutlich sie verstehen konnte, welche gleichsam wie ein Ruf durch den Raum klangen. Es war ein Couplet aus einer alten spanischen Ballade.

Die junge Frau erbebte bei den ihr ohne Zweifel wohlbekannten Tönen dieser melodischen

Stimme, und ein lebhaftes Roth überfluthete plötzlich ihre Wangen.

„Er ist es!" murmelte sie, indem sie die Hand auf ihr Herz legte, um das rasche Klopfen desselben zu unterdrücken. „Er ist es!"

Folgende Worte waren es, welche diese Stimme sang:

A Ximena, a Rodrigo
Prendio el ray palabra y mano
De juntarlos para en uno
En presencia de Luyn calvo.
Las enemistades viejas
Bon amor se cofirmaron:
Que donde preside el amor
Se olvidan muchos agravios.

Der Gesang hatte sich rasch genähert, und das Geräusch von dem Galopp eines Pferdes mischte sich mit den letzten Sylben des Couplets.

Die junge Frau machte eine Bewegung, als wollte sie hinausstürzen; aber plötzlich warf sie sich mit einem erstickten Schrei wieder zurück und schloß rasch die Thür des Hauses.

Eine leichte Pirogue, in welcher zwei Männer saßen, hatte einen Felsvorsprung umsegelt und lief so eben auf den Sand, zehn Meter von dem Hause entfernt.

Kaum knirschte das Vordertheil der Pirogue auf dem Sande, als einer der beiden Männer mit einem Satz auf das Ufer sprang, und sich an seinen in dem Fahrzeug bleibenden Gefährten wendend, sagte er zu diesem:

„Habt Dank, Compadre; werdet Ihr in Er= widerung der Gefälligkeit, mit mir zu Abend essen?"

„Nein, Marcos," antwortete der Andere, „ich muß dort unten zurückkehren: schaut den Himmel an, kaum werde ich Zeit haben, vor dem Cor= donnazo dorthin zu gelangen."

„Das ist allerdings wahr," erwiderte Marcos; „so brecht denn auf, ohne länger zu zögern, und viel Glück!"

„Werdet Ihr kommen?"

„Vielleicht, ich bin noch nicht entschlossen."

„Ihr würdet Unrecht thun, wenn Ihr Euch bei dieser Sache nicht betheiligtet, es bietet sich nicht immer eine so gute Gelegenheit dar."

„Freilich," versetzte Marcos, indem er zu über= legen schien, „es ist wahrscheinlich, daß ich gehen werde."

„Gut! so ist es also abgemacht."

„Ja, wofern keine unvorhergesehenen Ereignisse dazwischen kommen."

„Auf Wiedersehn!"

Marcos stützte die beiden Hände auf das Vor= dertheil der Pirogue und mit einem kräftigen Stoß machte er sie wieder flott.

Sie entfernte sich sogleich und verschwand bald

hinter der Felsspitze, von wo sie gekommen war; nachdem Marcos seinem Gefährten ein letztes Lebewohl zugewinkt hatte, wandte er sich um, als wollte er seine Schritte nach dem Hause lenken.

In demselben Augenblicke kam ein Reiter auf einem prächtigen schwarzen Pferde aus einem kleinen Gehölz hervor.

Die beiden Männer befanden sich einander gegenüber; Beide stießen gleichzeitig einen Ausruf der Ueberraschung aus, — Marcos in spöttischem Ton, der Reiter in sichtbarer Verlegenheit.

Sie machten vor einander Halt wie in gemein= samer Uebereinstimmung und grüßten sich mit außerordentlicher Höflichkeit.

„Bei Gott! Sennor Don Albino,“ sagte Marcos mit einem versteckten Lächeln, „daß ist ein glück= liches Zusammentreffen.“-

„Glücklich für mich, Sennor Don Marcos,“ er= widerte der Reiter mit einem abermaligen Gruß.

„Ich glaubte Sie nicht in dieser Gegend; man hatte mir versichert, daß Sie auf einer langen Reise in das Innere begriffen seien.“

„So war in der That meine Absicht, Sennor Don Marcos,“ entgegnete Albino mit einem Lächeln, „aber Sie wissen wohl, der Mensch denkt und Gott lenkt.“

„Das heißt so viel, als daß Sie Ihre Meinung

geändert und es offenbar vorgezogen haben, hier zu bleiben?"

„Nicht ganz, Sennor, es hing in der That nicht von mir ab, daß sich diese Reise verwirklichte."

„Ich verstehe. Von Ihrem Willen unabhängige Umstände haben Sie im Augenblick der Abreise zurückgehalten."

„Ja, Sennor."

„Was wollen Sie, man muß sich entschließen zu dem, was man nicht ändern kann; aber verzeihen Sie diese indiscrete Frage, wie kommt es, daß ich Sie zu dieser späten Stunde so entfernt von Ihrem Rancho treffe, während Alles auf einen Cordonnazo deutet?"

„Als ich mich auf den Weg machte, ließ nichts einen Sturm vermuthen."

„Da uns der Zufall so unvermuthet zusammengeführt hat, werden wir uns nicht so ohne Weiteres trennen; es ist spät, Ihr Rancho ist mehr als zehn Meilen von hier entfernt, ich biete Ihnen Gastfreundschaft in meiner Choza für die Nacht an; morgen wird es ohne Zweifel schön sein, Sie werden mit Anbruch des Tages aufbrechen."

„Entschuldigen Sie mich, Sennor Don Marcos, daß ich Ihre freundliche Einladung ablehne," antwortete verlegen Don Albino, „aber der Pueblo ist kaum wenige Schritte von hier, ich werde in zehn Minuten dort sein."

„Warum lehnen Sie meine Einladung ab?"
fragte Don Marcos mit unmerklichem Stirnrunzeln.
„Glauben Sie, daß sie nicht aufrichtig gemacht ist?"

„Keineswegs, Sennor, ich kenne nur zu wohl
die Redlichkeit Ihres Charakters, um einem solchen
Gedanken Raum zu geben."

„Nun, also?"

„Ich fürchte, Sie zu stören, das ist Alles."

„Sie scherzen, Don Albino. Kann ein Gast
jemals störend sein? Wohlan, kommen Sie mit
mir, ich lasse keine Entschuldigung gelten."

Der Reiter blieb unbeweglich; offenbar fand in
seinem Innern ein heftiger Kampf statt, sein Ge=
sicht drückte eine lebhafte Angst aus. Don Marcos
prüfte ihn verstohlen mit einem seltsamen Ausdruck.

In diesem Augenblick fuhr ein Blitz durch den
Raum und ein dumpfes Donnerrollen ließ sich ver=
nehmen.

„Das entscheidet die Frage," begann Don Marcos
von Neuem, „das Gewitter beginnt; in einigen
Minuten wird der Sturm mit Wuth losbrechen,
beeilen wir uns, unter Dach zu kommen."

„So sei es denn, da Sie es fordern," ant=
wortete Don Albino.

„So ist es recht!" sagte lachend Don Marcos,
„ich wußte wohl, daß Sie sich entschließen würden."

Sie setzten ihren Weg neben einander fort,
und lenkten dem kleinen Hause zu, welches kaum

hundert Schritt von dem Orte entfernt war, wo
sie sich befanden.

Don Marcos schien vierundvierzig bis fünfund=
vierzig Jahre alt zu sein; er hatte ein feuriges Auge
und eine sorgenvolle Stirn; troß der Einfachheit
seiner Seemannstracht schwächte nichts Gemeines den
mächtigen Ausdruck der Gesichtszüge dieses Mannes,
weniger imposant noch durch seine hohe Gestalt als
durch den zugleich nachdenklichen, energischen und
gebieterischen Charakter seiner edlen und schönen
Physiognomie; es lag in ihm etwas Stolzes und
Sanftes, was verführte und beherrschte.

Don Albino war ein Mann von höchstens fünfund=
zwanzig Jahren; seine Gesichtszüge waren sein und
zart, sein Gesicht bleich, seine Stirn träumerisch,
seine tiefblauen Augen gaben seiner Physiognomie
einen weichen und sinnenden Ausdruck; seine schlanke,
biegsame und wohlgebaute Gestalt, die natürliche
Eleganz seiner Geberden, machte ihn zu einem reizen=
den Cavalier. Das Ganze seiner Persönlichkeit war
unbeschreiblich verführerisch; sein langes blondes
Haar fiel in dicken, seidenweichen Locken auf seine
Schultern herab; er trug die reiche und anmuthige
Tracht der mexikanischen Campesinos. Kurz, diese
beiden Persönlichkeiten boten unter sich, wenigstens
dem Physischen nach, den vollständigsten Contrast dar.

Don Marcos hob den Drücker der Thür und
trat in das Haus, gefolgt von Don Albino, der

abgestiegen war und sein Pferd am Zügel führte.

Was den Comfort betrifft, so sind die Mexikaner darin noch sehr zurück, sie kennen keine Nebenthüren und die meisten ihrer Häuser sind so eingetheilt, daß man, um in den Stall oder Corral zu gelangen, durch den Salon gehen muß; aber diese Unannehmlichkeit belästigt sie nur in sehr geringem Grade.

Das erste Gemach war leer. Selbst Lindo, der schöne Neufundländer, den wir dem Leser vorgestellt, hatte es verlassen.

Don Marcos warf einen raschen Blick um sich, öffnete eine Thür, welche in den Stall führte, und winkte seinem Gast, sein Pferd dort einzustellen, was dieser sich beeilte zu thun.

„Nun," sagte Don Marcos, sobald der junge Mann zu ihm zurückgekehrt war, nachdem er sein Pferd abgesattelt und abgerieben hatte, „lassen Sie uns sehen, ob es uns möglich sein wird, zu Abend zu speisen." Und seine Stimme erhebend, rief er: „Marcela!"

Das junge Mädchen erschien sogleich, ihr voraus der Hund, welcher mit einem Satz auf den Seemann lossprang und mit den Zeichen der lebhaftesten Freude seine großen Pfoten auf die Schultern desselben legte.

„Nieder! Lindo, nieder!" sprach Don Marcos

zu ihm, indem er ihn liebkoste; „Du bist ein gutes Thier; genug, genug nun!"

„Du hast mich gerufen, lieber Vater?" sagte das junge Mädchen mit leiser und leicht zitternder Stimme.

Don Marcos runzelte die Stirn; dennoch ant= wortete er sanft:

„Ja, mein Kind, ich bringe Dir einen Gast mit, behandle ihn so gut, als Du irgend vermagst; er wird hier die Nacht zubringen, man muß daher ein passendes Zimmer für ihn in Bereitschaft setzen."

„Eine Hängematte wird genügen," bemerkte Don Albino; „wenn es sein muß, würde ich sehr gut auf meiner Montura schlafen.

„Mein lieber Don Albino," entgegnete Marcos freundlich. „Sie sind mein Gast; ich bitte Sie da= her, lassen Sie mich nach meinem Gefallen handeln."

Der junge Mann verneigte sich, ohne etwas zu erwidern.

„Marcela, mein liebes Kind," begann Don Marcos, „ist das Abendessen bereit?"

„Es erwartet Dich, mein Vater," erwiderte sie.

Seltsam! jedes Mal, wenn das junge Mädchen diese beiden so einfachen Worte „mein Vater" aus= sprach, glitt ein Zucken über das Gesicht des See= mannes und seine schöne Physiognomie verfinsterte sich plötzlich.

„So lasse denn für uns auftragen," sagte er.

Und sich zu Albino wendend, setzte er hinzu: „Entschuldigen Sie mich, daß ich Sie verlasse, in einem Augenblick werde ich Ihnen ganz gehören."

Und ohne die Antwort des jungen Mannes abzuwarten, verließ er den Saal.

Albino und Marcela blieben allein.

„Oh!" rief sie aus, „Unvorsichtiger, warum seid Ihr hierhergekommen?"

„Er hat es so gewollt," erwiderte er einfach. „Ich habe nicht die Kraft gehabt, zu widerstehen; ich bin so glücklich, wenn ich Euch sehe."

„Seht Ihr mich denn nicht jeden Tag?" entgegnete sie im Tone sanften Vorwurfs.

„Allerdings," versetzte er zärtlich, „aber nur verstohlen einen Augenblick, kaum einige Minuten. Und fern von Euch, Marcela, bin ich so unglücklich."

„Ich habe Euch heute vergebens erwartet."

„Wenn Ihr wüßtet, wie sehr ich gelitten habe, daß ich nicht eher kommen konnte; auch hatte ich nicht den Muth, das Anerbieten, welches mir gemacht wurde, zurückzuweisen, einige Stunden bei Euch, unter demselben Dache zuzubringen. Verzeiht mir, Marcela."

Das junge Mädchen seufzte.

„Ach!" murmelte sie in bekümmertem Tone, „ich weiß nicht weshalb, aber ich fühle ein solches Beben, wider Willen zittere ich. Ich bitte Euch darum, Albino, brecht wieder auf, ich habe das Vorgefühl eines Unglücks."

„Aufbrechen!" rief er schmerzlich. „Oh! Marcela, könnt Ihr mir befehlen, Euch zu fliehen?"

„Es muß sein, Albino, es muß sein. Ihr kennt Don Marcos; wenn er um unsere Liebe wüßte, würde er Euch tödten."

„Ach! Was ist mir der Tod, wenn ich getrennt von Euch leben soll, Marcela, die Ihr Alles für mich seid."

Eine Thür öffnete sich, Don Marcos trat ein. Sein Gesicht war bleich, obwohl der Ausdruck seiner Physiognomie ruhig blieb. Er überschaute die beiden jungen Leute mit einem Blick, dessen flammender Blitz sie erbeben ließ, so daß sie sich verwirrt von einander entfernten.

Aber der Seemann schien die Verlegenheit der jungen Leute nicht zu bemerken; er wandte sich zu Marcela und sagte lächelnd zu ihr:

„Nun, wir speisen also nicht?"

„Ja, ja, mein Vater," erwiderte sie stammelnd."

Und sie verließ schleunig das Zimmer.

„Entschuldigen Sie sie, lieber Don Albino," bemerkte er gutmüthig; „Marcela ist ein verwöhntes Kind, welches die Einsamkeit, in der es lebt, ein wenig verwildert hat; aber sein Sie überzeugt, daß sie zu gut die Pflichten der Gastfreundschaft kennt, um nicht Alles zu thun, was in ihren Kräften steht, um Sie gut aufzunehmen."

Vollständig außer Fassung gebracht durch den Ton, mit dem diese Worte ausgesprochen wurden, antwortete Don Albino durch unbestimmte Höflichkeitsformeln, ohne daß es ihm gelang, seine Verwirrung vollkommen zu verbergen.

———

II.

Don Marcos.

———

Der Sturm war endlich losgebrochen; die ent=
feſſelten Elemente kämpften mit einer Wuth ohne
Gleichen; der Cordonnazo wüthete mit unerhörter
Gewalt, Blitze miſchten ſich durch ein fortgeſetztes
Rollen mit dem Pfeifen des Windes und dem
dumpfen Grollen des Meeres, deſſen ungeheure
Wellen das Ufer, an dem ſie ſich mit raſchen
Schlägen brachen, mit einer Schaumfranſe bedeck=
ten; stromweiſe praſſelte der Regen auf das Dach
und an die Fenſterſcheiben des Häuschens, welches
der Sturm bis in ſeine Grundfeſten erſchütterte;
es herrſchte eine dichte Finſterniß, Alles ſchien
umgeſtürzt, verwüſtet, es war eine furchtbare Nacht.

Die drei in der Choza vereinigten Perſonen
wechſelten, erregt durch die ungewöhnliche Hef=
tigkeit des Sturmes, nur ſelten einige Worte mit
einander.

Das Abendessen war trübselig.

Die beiden Männer aßen, während sie sich ganz ihren Gedanken überließen; Marcela kniete vor einer Statue der Nuestra=Sennora=de=Guadalupe, die Schutzpatronin von Mexico, welche in einer Ecke des Zimmers stand, und betete mit Inbrunst.

Endlich schob Don Marcos den vor ihm stehen= den Teller von sich, zündete eine Cigarre an und bot eine zweite seinem Gaste, welcher sie mechanisch annahm.

„Es wird eine harte Nacht werden," sagte er, indem er eine ungeheure Wolke emporblies; „wehe den Schiffen, welche bei einem solchem Cor= donnazo sich in der Nähe der Küste befinden; morgen werden wir sie mit klaffenden Flanken sehen."

„Ist denn irgend ein Schiff heut' Abend in Sicht?" antwortete Don Albino, ohne zu wissen, was er sagte.

„Das kann ich nicht behaupten; ich glaube eins bemerkt zu haben, aber in sehr großer Entfernung; es könnte möglich sein, daß ich den Flügel eines Teufels mit dem Segel eines Schiffes — ver= wechselt habe."

„Oh! Oh! Sie setzen mich in große Ver= wunderung, Don Marcos, indem Sie so sprechen: das Auge eines Seemanns, wie Sie sind, ist zu unfehlbar, um sich täuschen zu lassen."

Don Marcos lächelte mit schlauer Miene und gab keine Antwort. Nach einer Weile fing er wieder an:

„Wir befinden uns in der Zeit, wo die Schiffe einlaufen. Kein Fahrzeug, wenn jenes nicht ein solches ist, wird zu dieser Zeit erwartet, und der, welcher es commandirt, ist ein zu alter Meerwolf, als daß er den Cordonnazo nicht wenigstens fünf bis sechs Stunden vor seinem Ausbruch gefühlt haben sollte."

„Kennen Sie den Namen dieses Schiffes?"

„Bei Gott! Das versteht sich, da ich Ihnen von dem Capitain erzähle; es ist die Erlösung, eine Brigg-Goelette von San-Blas."

Marcela stieß ein leises Wehklagen aus, und warf verstohlen einen langen und traurigen Blick auf Don Marcos; dieser fuhr fort:

„Was denken Sie, Sennor Don Albino, der Sie, wie man sagt, ein tierras adentro (Bewohner des Innern) sind, von unsern Stürmen an der Meeresküste?"

„Diejenigen, welche Ihnen gesagt haben, Don Marcos, daß ich aus den Provinzen des Innern sei, haben sich getäuscht; ich bin im Gegentheil ein Costenno. Meine Kindheit verlief in den Hafenplätzen des Meeres und fast meine ganze Jugend habe ich auf den beiden Oceanen zugebracht, wenn ich auch jetzt kein Seemann mehr bin,

so bin ich wenigstens lange Zeit ein solcher gewesen."

Don Marcos richtete sich plötzlich auf, sein
wildes Auge schleuderte Blitze.

„Sie sind Seemann!" rief er aus.

„Weshalb nicht?" entgegnete friedlich der junge
Mann, „sind Sie es doch."

„Allerdings," antwortete er mit düstrer Stimme;
„aber ich bin kein Seemann, wie man die Gewohnheit hat, nach diesem Worte anzunehmen; ich
bin nur ein bescheidener Perlenfischer."

Jetzt lächelte der junge Mann seinerseits.
Dieses Lächeln wurde von Don Marcos auf-
gefangen.

„Sprechen wir offen," sagte er.

„Ich wünsche nichts weiter," entgegnete Don
Albino.

„Sie werden offen meine Frage beantwor-
ten?"

„Ebenso offen, wie Sie die meinigen beant-
worten werden."

„Ah!" sprach er mit unterdrückter Heftigkeit.
„Sie legen mir Bedingungen auf."

„Keineswegs, ich begnüge mich, nur vollständige
Gleichheit zu fordern."

Don Marcos erhob sich rasch vom Tische und
ging wohl zehn Minuten in dem Saale auf und
ab, mit gesenktem Kopf und über die Brust ge-

kreuzten Armen. Endlich blieb er vor Marcela stehen und berührte leicht ihre Schulter.

Das junge Mädchen bebte und wandte sich rasch zu ihm um.

„Was wünscheſt Du, mein Vater?" fragte ſie mit ſanfter Stimme.

Don Marcos ſtampfte zornig mit dem Fuße; aber er beherrſchte ſich ſogleich wieder und ſagte:

„Liebes Kind, geh' auf Dein Zimmer, es iſt ſpät; Du wirſt Dich dort beſſer befinden als hier."

Das junge Mädchen ſtand auf und ohne ein Wort zu ſprechen, ging ſie hinaus, gefolgt von Lindo, der die Aufgabe zu haben ſchien, ihr be= ſtändiger Schatten zu ſein.

Es verfloſſen einige Minuten, die beiden Män= ner ſchwiegen noch immer, während ſie ſich ver= ſtohlen beobachteten.

Don Marcos brach zuerſt das Schweigen.

Er ſetzte ſich wieder dem jungen Manne gegen= über und ſagte, nachdem er ihm ein Glas Brannt= wein eingegoſſen hatte:

„Sie ſind alſo Seemann?"

„Ich bin es geweſen," antwortete dieſer, ziemlich erſtaunt über die Wendung, welche ſein Wirth der Unterredung geben zu wollen ſchien.

„Oh! ich bin überzeugt, daß Sie im Fall der Noth nicht in Sorge ſein würden, ſich aus der Verlegenheit zu ziehen."

„Das ist wahrscheinlich," erwiderte der junge Mann, immer mehr erstaunt.

Marcos leerte sein Glas und nachdem er es wieder auf den Tisch gestellt, sagte er lächelnd:

„Sie sind ein hübscher Bursche, Don Albino, und die hübschen Burschen lieben die schönen Mädchen, nicht wahr?"

„Was wollen Sie damit sagen?"

„Je nun!" sprach er gutmüthig, „ich bin nur ein gemeiner Seemann, halb Fischer, halb Schmuggler, wie alle Küstenbewohner; aber Gott hat mir zwei Augen gegeben und ich sehe klar, das ist Alles."

„Ich verstehe Sie nicht," stammelte der junge Mann.

„Ei! Im Gegentheil, Sie verstehen mich sehr gut; Sie sind ein guter Jäger, und die Lockspeise welche Sie anzieht, ist nicht weit von hier."

„Ich versichere Ihnen —"

„Lassen Sie das, ich wiederhole Ihnen, ich bin nicht blind. Ueberdies liegt nichts Böses darin, zum Teufel! Es ist ein Naturgesetz. Ich gestehe Ihnen, daß Ihre Besuche mich ärgerten; es miß= fiel mir, Sie immer um das Haus streifen zu sehen, ich fragte mich, wie es käme, daß ein junger Mann wie Sie, reich, wie man sagt, plötzlich eine so tiefe Vorliebe für diese so traurige Gegend gefaßt hatte. Jetzt ist mir Alles klar: Sie sind Seemann, es ist das Meer, welches Sie angezogen hat; der Zufall hat Ihnen ein junges Mädchen in den Weg geführt und Sie sind wieder gekommen. Ist es nicht so? Lassen Sie hören, sprechen Sie offen."

Und indem er so sprach, war der Ausdruck der Physiognomie Don Marcos' so wohlwollend, daß der junge Mann sich dadurch täuschen ließ."

„Sie könnten richtig gerathen haben, Don Marcos," erwiderte er lächelnd.

„Ei, ich bin dessen gewiß."

„Im Fall, daß Ihre Vermuthungen richtig wären, welche Antwort würden Sie mir geben?"

„Vor Allem, sind sie wahr?"

„Nehmen wir an, daß sie es sind."

„Also Sie sind es."

Albino machte eine bejahende Geberde.

„Wohlan, junger Mann," versetzte Don Marcos, „ich werde kurz sein. Sie gefallen mir, erstens weil Sie jung und redlich, und dann weil Sie Seemann sind, und da vor allen Dingen nur ein Seemann mir genügen kann. Ich will, daß der Mann, mit welchem ich eine Verbindung eingehe, von meinem Metier und fähig sei, mir im Fall des Bedürfnisses beizustehen, sei es bei der Perlenfischerei, sei es anderswo. Sie verstehen mich?"

„Vollkommen."

„Und das wird Ihnen immer anstehen?"

„Immer."

„Gut! Nun also, Sie lieben Marcela?"

„Ich liebe sie, ja."

„Und ... liebt sie Sie?"

Don Albino zögerte.

„Nun," begann Don Marcos wieder mit einer gewissen Lebhaftigkeit, „Sie antworten nicht auf meine Frage."

„Weil ich auf dieselbe nicht antworten kann."

„Warum das?"

„Ei, ich kenne den Zustand meines Herzens, nichts aber berechtigt mich, eben so bestimmt über die Gefühle Donna Marcela's für mich zu entscheiden."

„Hm!" meinte Don Marcos, „das ist nicht klar."

„Verzeihen Sie mir. Ich glaube, daß Donna Marcela mich nicht ungern sieht, das ist Alles. Ueberdies, fragen Sie sie selbst; sie wird Ihnen antworten, sie ist Ihre Tochter."

„Marcela ist nicht meine Tochter!" rief Don Marcos, indem er mit der Faust zornig auf den Tisch schlug.

„Wie!" rief der junge Mann überrascht aus, „Donna Marcela ist nicht Ihre Tochter?"

Don Marcos biß sich heftig auf die Lippen, aber Dank seiner Willenskraft, mit der er begabt war, gelang es ihm, seine Aufregung zu beherrschen, denn er faßte sich sogleich.

„Sie wissen es nicht? Das ist sonderbar," begann er wieder, „jedoch, da Sie ein Dutzend

Meilen von hier im Innern wohnen, so ist es
wohl möglich. Nein, Marcela ist nicht meine
Tochter: das arme Kind ist eine Waise; und da
wir einmal bei diesem Gegenstande sind, so ist es
besser, daß ich Sie sogleich damit bekannt mache,
und Ihnen mit wenigen Worten die Geschichte
dieser lieben Kleinen erzähle. Auf Ihre Gesund=
heit!"

Er stieß mit seinem Glase gegen das Don
Albino's und fuhr fort:

„Es ist eine traurige Geschichte, die Sie hören
werden, obwohl einfach und kurz. Es sind zwanzig
Jahre seitdem verflossen, ich war damals vierund=
zwanzig alt und Seemann, wie ich es heute noch
bin. Mein Vater, ein alter Soldat der Unab=
hängigkeit, für welche er tapfer gekämpft hatte,
unter dem Befehl von Hidalgo, von Morelos und
anderen Helden, welche diese glorreiche Epoche
berühmt gemacht, hatte sich einige Meilen von hier
zurückgezogen in einen am Ufer des Meeres er=
bauten Pueblo und dort sein altes Metier eines
Perlmuschelfischers wieder aufgenommen. Mein
Vater war gewöhnlich traurig, finster und schweig=
sam; meine Mutter war bei meiner Geburt ge=
storben. Er hatte auf mich alle Zuneigung über=
tragen, und erzog mich mit einer Zärtlichkeit und
peinlichen Sorgsamkeit, welche man bei einem
alten Soldaten, wie er, dessen Herz im Feuer von

hundert Schlachten gehärtet worden war, nicht
erwartet haben würde.

Wir lebten in Zurückgezogenheit, allein in
einem Häuschen, welches, wie dieses, außerhalb des
Dorfes lag. Ich war zehn Jahre alt; schon seit
zwei Jahren begleitete ich meinen Vater auf die
Fischerei. Eines Abends, als wir in unsern Rancho
zurückkehrten, fanden wir die Thüren und Fenster
desselben offen und den Eingang des Saales von
vier Personen besetzt. Diese vier Personen waren:
ein Greis von ungefähr sechszig Jahren, aber noch
gerade und kräftig, mit pergamentartiger Hautfarbe
und knochigen Zügen; eine junge Frau, von krank=
hafter Schönheit und zwei Kinder: ein kleines
Mädchen von kaum einigen Monaten, welchem die
junge Frau die Brust gab, und ein Knabe von
elf oder zwölf Jahren, der mit einer Reata ver=
sehen, sich übte, eine Flasche zu fangen.

Wir waren oft acht bis zehn Tage von unserm
Rancho abwesend, und während dieser Zeit blieb
das Wenige, was wir besaßen, wie es in diesem
Lande die Gewohnheit ist, der öffentlichen Redlich=
keit anvertraut.

Mein Vater zeigte keinen Verdruß, als er unsere
Wohnung so besetzt fand; er beeilte sich, seine
Netze wegzulegen und trat darauf in das Haus.
Als ihn der Greis erblickte, erhob er sich von dem

Equipal, auf welchem er faß, und eilte mit offenen Armen auf ihn zu.

„Schon seit vier Tagen erwarte ich Dich, Jacinto," sagte er, — mein Vater hieß Jacinto — „ich verzweifelte faft an Deiner Rückkehr."

Als mein Vater diese Stimme vernahm, deren Töne ihm wohlbekannt waren, ftieß er einen Aus= ruf der Ueberraschung und Freude aus; er eilte auf den Fremden zu, der ihn mit seinen Armen umschlang.

Nach einer langen Umarmung gingen die beiden Männer in ein anderes Gemach, wo sie länger als zwei Stunden verweilten.

„Aber," unterbrach sich Don Marcos, „diese Geschichte ift wenig intereffant für Sie. Ich laffe mich wider Willen durch meine Erinnerungen hin= reißen. Ich will verfuchen, mich kurz zu faffen."

„Verzeihung," erwiderte Albino, „ich höre Ihnen im Gegentheil mit dem lebhafteften Intereffe zu."

„Dieser Greis nannte sich Euftachio Calderon. Er war ein alter Waffengefährte meines Vaters; zehn Jahre hatten sie neben einander gegen die Spanier gekämpft. Don Euftachio, der Wittwer war und einen Sohn besaß, hatte ferner die Tochter seines Bruders zu sich genommen, welcher in einer in diesem Lande so gewöhnlichen Streitig= keit getödtet worden war. Er hatte den Entschluß gefaßt, die Provinz Puebla zu verlaffen, —

wohin sie sich anfangs zurückgezogen hatten, da sie
ihm so unheilvolle Erinnerungen zurückrief, — und
seinen alten Freund aufzusuchen, bei dem er seine
Tage beschließen wollte. Mein Vater nahm mit
Freuden die ihm von Don Eustachio gemachten
Eröffnungen entgegen und dieser richtete sich in
dem Hause ein. ˉ Donna Paula, seine Tochter,
übernahm die Führung des Haushalts; der alte
Soldat wachte über das Haus, und Rafael, sein
Sohn, für den ich vom ersten Augenblick an eine
große Freundschaft gefaßt hatte, folgte meinem
Vater und mir zur Fischerei.

So verflossen fünfzehn Jahre; es waren die
glücklichsten Jahre meines Lebens. Don Eustachio
war gestorben und hatte das Wenige, was er besaß,
meinem Vater vermacht und ihm seine Nichte em=
pfohlen und ihre Tochter Antonia, schon ein großes
und schönes Kind, dessen schwarze Augen mir das
Herz klopfen machten, sobald sie sich mit einem
Ausdruck unaussprechlicher Zärtlichkeit auf mich
richteten. Eines Tages, als Rafael und ich allein
auf die Fischerei ausgezogen waren, gestand mir
mein Freund, der etwas älter als ich war, seine
Liebe für seine Cousine. An der schmerzlichen
Aufregung, welche mir dieses unvermuthete Ver=
trauen verursachte, an der plötzlichen Kälte, welche
mein Herz erstarrte, erkannte ich, daß auch ich
sie liebte.

Ach! Antonia war so schön, daß es unmöglich anders sein konnte.

Es gelang mir nur mit großer Mühe meine
Aufregung zu beherrschen, indessen vermochte ich
dennoch meinen Schmerz so zu verbergen, daß
Rafael nichts davon bemerkte. Den ganzen Tag
über sprach mein Freund zu mir von seiner Liebe
mit jener umständlichen Selbstgefälligkeit, welche
den Liebenden eigen ist, sobald es sich um den
geliebten Gegenstand handelt. Rafael hatte keine
Ahnung von der Folter, die er mir auferlegte.
Wenn er meine Gefühle für Antonia gekannt hätte,
so war seine Freundschaft für mich so aufrichtig,
daß er vielleicht in der Furcht, mich unglücklich zu
machen, versucht haben würde, nicht Antonia zu
vergessen — das ging über menschliche Kräfte —
sondern auf sie zu verzichten. Aber ich spielte so
gut den Gleichgültigen, daß Rafael vollständig
dadurch getäuscht wurde; er ging selbst so weit,
mir meine Unempfindlichkeit vorzuwerfen. Die
Nacht, welche ich zubrachte, war furchtbar; am
nächsten Morgen war mein Entschluß gefaßt.

Ich verließ mein Bett etwas vor Sonnenauf-
gang und mit der größten Vorsicht, um Niemand
aufzuwecken, verließ ich das Haus, entschlossen, mich
für immer daraus zu entfernen. Ein amerikanischer
Wallfischfahrer war auf der Rhede, ich wußte, daß
er Matrosen brauchte; ich stellte mich dem Capitain

vor, der mich annahm. Zwei Stunden später war
das Schiff unter Segel und entfernte sich, von
einer guten Brise getrieben, in der Richtung der
Nordostküste, wo es seine Kreuzfahrt halten wollte."

Don Marcos hielt inne; er stand auf, nahm
aus einem Schrank eine Flasche, die er auf den
Tisch stellte und sagte, nachdem er sie aufgemacht
hatte:

„Finden Sie nicht ebenfalls, daß der Brannt=
wein Ekel erregt? Lassen Sie uns einen Restno=
de=Catalunna trinken; dieser hier ist vortrefflich,
er wird uns wieder munter machen."

Don Albino hielt schweigend sein Glas hin,
die beiden Männer stießen an und leerten ihre
Gläser mit einem Zuge bis auf den letzten Tropfen.

„Und dann?" fragte Don Albino nach einer
Weile, als er sah, daß sein Wirth schwieg.

„Es ist wahr, ich bin noch nicht zu Ende,"
entgegnete dieser. „Hören Sie also." Seine
Stimme war kurz, ihr abgebrochener Ton deutete
auf ein inneres Leid; sein Gesicht blieb indessen
ruhig. „Drei Jahre verflossen," fuhr er fort,
„während dieser Zeit machte ich beinahe die Reise
um die Welt; bald segelte ich mit den Engländern,
bald mit den Franzosen, am häufigsten mit den
Amerikanern des Nordens.

Während dieser drei Jahre erhielt ich keine
Nachricht, weder von meinem Vater noch von

Rafael. Wer sollte sie mir auch gegeben haben?
Auf meinen unstäten Streifereien hatte ich, fort=
gerissen durch die Beispiele unsrer Gefährten und
zugleich durch den Wunsch, meine Liebe zu vergessen,
mein Herz abgestumpft. In allen Häfen, welche
unser Schiff berührte, brachte ich mein Leben in
Orgien zu, ohne Zweck und ohne Lust, überließ mich
denselben mit einer fieberhaften Heftigkeit, während
sie mich nachher erröthen machten. Eines Tages
ging das Schiff, an dessen Bord ich mich befand,
in San=Blas vor Anker.

Ich habe Ihnen gesagt, daß drei Jahre seit
meiner Abreise verflossen waren. Die Liebe lebt
überall von der Hoffnung; die meinige hatte
keine, ich glaubte sie daher todt. Es war das
erste Mal, daß ich einen Hafen von Mexico
berührte. Seit meiner Flucht hatte ich stets
meine Vorsichtmaßregeln so getroffen, nicht in
mein Land zurückzukehren; dieses Mal waren
diese Maßregeln durch den Zufall vereitelt worden;
ein Schaden im Unterwerk des Schiffes, infolge
eines Sturmes, hatte dasselbe genöthigt, auf's
Schleunigste einen Schutz zu suchen, wo es aus=
gebessert werden konnte. Ich weiß nicht, welche
Gedanken mir durch den Kopf fuhren, als ich die
mexikanische Küste erblickte; eine Art Trunkenheit
oder vielmehr Wahnsinn bemächtigte sich meiner
und ich hatte nur noch einen Wunsch: meinen

Vater wieder zu sehen, den ich so feige verlassen und welchen meine Abreise vielleicht in Verzweiflung versetzt hatte. Von meiner Liebe, nichts; der Gedanke kam mir nicht einmal. Ich wiederhole Ihnen, sie war wirklich todt."

Don Marcos machte eine neue Pause, sein Gesicht war leicht erbleicht, seine Brauen zogen sich ohne Zweifel unter Gewalt der Erinnerungen zusammen, welche er wieder erweckte; er goß sich ein Glas Resino ein, welches er mit einem Zuge leerte.

„Ich bat den Capitain um meinen Abschied," fuhr er fort. „Er machte einige Schwierigkeiten, ihn mir zu bewilligen, indessen willigte er endlich ein. Ich stieg an's Land; da mein Gürtel gut mit Gold gespickt war, ward es mir leicht, mich rasch für die Reise, die ich zu Lande machen wollte, zu equipiren. Ich weiß nicht, welche Macht mich antrieb, welches Vorgefühl mich anregte, mich zu beeilen; es schien mir, der ich länger als drei Jahre so vollständig Verwandte und Freunde vergessen hatte, daß meine Gegenwart Denen, die ich aufsuchen wollte, unumgänglich nöthig sei und daß, wenn ich mich nicht sogleich auf den Weg machte, ich zu spät kommen würde.

Am nächsten Morgen verließ ich, auf meinem vortrefflichen Pferde, San-Blas. Da der Weg, den ich zurückzulegen hatte, lang und wenig

besucht war, und da ich außerdem ungefähr zwei=
hundert Unzen*) bei mir trug, — eine ziemlich große
Summe, welche meine Ersparnisse enthielt, — so
hatte ich mich mit Waffen versehen, um mein
Leben zu vertheidigen, wenn ich angegriffen werden
sollte. Ueberdies ist man in Amerika nicht ge=
wöhnt, eine Reise zu unternehmen, ohne die Mittel
bei sich zu führen, sich auf dem Wege in Respect
zu erhalten.

Indessen gegen meine Vermuthungen begegnete
mir nichts Ungewöhnliches; ich ritt schnell, und
machte nur die durchaus nöthige Zeit Halt, um
mein Pferd ausruhen zu lassen; seit kaum vierzehn
Tagen war ich von San=Blas aufgebrochen, und schon
befand ich mich inmitten bekannter Gegenden.
Je mehr sich die Entfernung verminderte, welche
mich von dem Rancho trennte, um so mehr fühlte
ich meine Unruhe und meine Angst wachsen und
um so eiliger trieb ich mein Pferd an. Endlich
erreichte ich eines Morgens den Eingang eines
Chaparrals, der höchstens zehn Meilen von der
Wohnung meines Vaters entfernt lag; obwohl
mein Pferd von dem langen Ritt sehr ermüdet
war, so konnte ich dennoch hoffen, gegen Abend
das Ziel meiner Reise zu erreichen.

Indessen schien es, daß ich die Entfernung,

---

*) 3,100 Thlr. nach unserm Gelde.

die mir zurückzulegen übrig blieb, schlecht berechnet
hatte, oder daß mein Pferd erschöpfter war, als ich
glaubte; denn es war später als zehn Uhr Abends,
als ich aus einem Hohlweg kam, der sich etwa
fünfhundert Schritt von dem Rancho öffnete, dessen
Licht ich in der Ferne leuchten sah. Bei diesem
Anblick fühlte ich mein Herz vor Freude beben,
und ich drückte meinem Pferde die Sporen in die
Weichen und mit einer letzten Anstrengung setzte
es sich in Galopp. Plötzlich verschwanden die
Lichter, auf welche meine Augen gerichtet waren.
Wider meinem Willen erbebte ich, ein kalter
Schweiß brach auf meiner Stirn aus; fast in dem-
selben Augenblick hörte ich zwei Schüsse, die so
dicht auf einander folgten, daß sie fast in einen
einzigen verschmolzen, darauf folgte der wüthende
Galopp dahinsprengender Pferde, welche wie düstere
Schatten an mir vorüber flogen.

Eilig ritt ich auf den Rancho zu, mit dem
dunkeln Vorgefühl eines Unglücks; ich hatte ihn
erreicht, als mein Pferd einen raschen Seitensprung
machte und niederstürzte.

Da ich auf meiner Hut war, so hatte ich
keine Verletzung davongetragen; ich erhob mich
wieder und eilte, meine Flinte in der Hand, auf
den Rancho zu, ohne weiter an mein Pferd zu
denken.

Auf der Schwelle des Hauses strauchelte ich

in der Dunkelheit über ein Hinderniß, welches mir den Weg versperrte.

Ich bückte mich; es war der Körper eines Mannes, der vor der Thür bewegungslos aus= gestreckt lag. Meine Hände, die ich auf ihn gelegt hatte, waren voll Blut.

Ein Mord war begangen worden.

Einen Augenblick blieb ich vor Entsetzen regungslos, dann nach einer äußersten Willens= anstrengung stürzte ich in das Haus.

In demselben Moment vernahm ich das Los= drücken einer Flinte, und ich erhielt einen Schuß in die Brust.

„Mein Vater! mein Vater! ich bin es," rief ich.

Ein Schrei der Verzweiflung antwortete meinem Ausruf und mein Vater, — denn er war es, der geschossen hatte, — stürzte auf mich zu und fing mich in seinen Armen auf.

Ich wurde ohnmächtig.

Don Marcos hielt mit einem tiefen Seufzer inne.

———

III.

Die Entdeckung.

———

Draußen hatte der Sturm seine größte Heftigkeit erreicht: der Regen peitschte gegen die Fenster-
scheiben, der Wind heulte durch die Zweige der
Bäume, welche mit unheimlichem Geräusch anein-
anderschlugen; die Wellen brachen mit Wuth gegen
das Ufer und der Donner rollte mit furchtbarem
Getöse. Es war eine finstere und schreckliche Nacht,
ganz bevölkert mit Fantomen.

Die beiden Männer, welche einander bei dem
matten Schein eines qualmenden Talglichts gegenüber saßen dessen Flamme vom Winde bewegt
wurde, schwiegen noch immer.

Mechanisch leerte Don Marcos sein Glas,
welches er sogleich wieder füllte, er schien in dem
übermäßigen Genusse des Weines ein Mittel zu
suchen, den brennenden Schmerz zu dämpfen,
welchen er durch seine düstern Erinnerungen herauf-
beschworen hatte.

Indeſſen ſchien der Reſino, ungeachtet ſeiner Stärke, keine Wirkung auf dieſe mächtige Organiſation hervorzubringen, ſeine Stirne war noch immer ſo bleich, ſeine Augen eben ſo glänzend, ſeine Worte eben ſo klar.

„Nun!“ fragte ihn Don Albino, „was geſchah denn?“

Er hob raſch den Kopf wieder in die Höhe und blickte mit ſeltſamem Ausdruck den Sprecher an.

„Etwas Furchtbares,“ begann er von Neuem mit hohler Stimme. „Als ich wieder zu mir kam, war es Tag, die Sonne ſandte ihre blendenden Lichtgarben durch die offenen Fenſter und Thüren, die Vögel ſangen heiter unter dem Laube. Der Leichnam meines Vaters lag neben mir; nicht weit von mir bemerke ich den von Rafael.

Unſere beiden indianiſchen Diener lagen mit zerſpaltenem Schädel in der Mitte des Saales; die zerſchlagenen Möbel waren hier und dort zerſtreut; es mußte etwas Entſetzliches geſchehen ſein in dieſem Hauſe, deſſen Anblick ſo freundlich und ruhig draußen war. Nach unerhörten Anſtrengungen gelang es mir, mich aufzurichten; die Wunde, welche ich erhalten hatte, obwohl ziemlich ernſt, war nicht gefährlich; durch einen unbegreiflichen Zufall hatte der faſt dicht auf mich abgefeuerte Schuß nur das Fleiſch geſtreift, ohne irgend ein Organ zu verletzen. Ich verband meine Wunde, so gut es ging, mit meinem Hemd, welches ich in Stücke zerriß und dann erhob ich mich. Ich wurde von einem glühenden Durst verzehrt, eine halb geleerte Flasche stand auf dem Tische, ich nahm sie und brachte sie begierig an meinen Mund. Sie enthielt Refino = de = Catalunna; ich that einen mächtigen Zug. Der Wein gab mir augenblicklich alle meine Kräfte wieder. Ein Leichnam fehlte unter denen, die ich gesehen hatte: der Antonia's; was war aus ihr geworden? Das war es, was ich wissen mußte. Auf meine Flinte, wie auf einen Stock gestützt, begann ich meine düstere Nachsuchung in dem Hause. Ueberall herrschte die furchtbarste Unordnung; sämmtliche Möbel waren gewaltsam erbrochen, Wäsche und Kleidungsstücke bunt durcheinander geworfen. Die Salteadores hatten Zeit gehabt, ihre Blutarbeit auszuführen, aber nicht genug, um unsern Nachlaß zu rauben: sie hatten unnütze Verbrechen begangen. Ich gelangte endlich an das Zimmer, welches zu einer andern Zeit Antonia gehörte; ich trat wankend ein, indem ich mich gegen die Wand stützte, die Aufregung, welche mein Herz zusammenschnürte, war so groß, daß ich meine Kräfte schwinden fühlte.

„Oh! Marcos,“ rief eine sanfte Stimme, die ich sogleich wieder erkannte, „warum habt Ihr uns verlassen?“

Ich sank halb ohnmächtig auf meine Knie

nieder, an dem Kopfende des Bettes, auf welchem Antonia sterbend lag.

Sie legte die Hand auf mich; diese Berührung ließ mich erbeben.

„Da seid Ihr endlich," begann sie wieder; „Ihr kommt zu spät, um sie zu retten, sie sind todt. Bald werde auch ich mit ihnen wieder vereint werden; aber Gott hat erlaubt, daß Ihr noch früh genug ankommt, um sie zu rächen; denn ihr Tod ist blutig gewesen und ihr Blut schreit um Rache, Marcos."

„Ich werde sie rächen!" rief ich aus, „sagt mir, wer sind die Mörder! Kennt Ihr sie?"

„Ich kenne sie," entgegnete sie, mit Anstrengung, „ich kenne sie und Ihr auch, Marcos."

Darauf sammelte sie alle ihre Kräfte, näherte ihren reizenden Kopf wieder dem meinigen, neigte sich an mein Ohr und flüsterte zwei Namen. Diese beiden Namen habe ich geschworen, niemals auszusprechen; verzeihen Sie mir also, wenn ich sie verschweige, Don Albino."

„Ihre Geheimnisse gehören Ihnen, Sennor," antwortete der junge Mann.

„Nachdem ich den Schwur geleistet, welchen die arme Antonia von mir forderte, zeigte sie mir ein Kind, einen reizenden kleinen Engel, von kaum einigen Monaten, welches friedlich zu Füßen des Bettes schlummerte.

„Das ist meine Tochter," sagte sie zu mir, „meine Marcela. Ich vermache sie Euch, Marcos; seid ihr Vater. Sie steht von nun an allein in der Welt."

„Ich werde ihr Vater sein," antwortete ich.

„Dank," entgegnete sie, und drückte mir zärtlich die Hand. „Dank, Marcos."

Sie stieß einen Seufzer aus und fiel zurück.

Ich stürzte auf sie zu . . . . . Sie war todt!

Wie ich ihrer sterbenden Mutter geschworen hatte, diente ich Marcela als Vater; sie weiß es nicht, wenigstens glaube ich es, daß ich nur ihr Beschützer bin, und . . . . sie liebt mich, als wenn ich wirklich ihr Vater wäre.

Meine Wunde heilte ziemlich rasch. Ich ver= ließ jenes Haus, welches mir eine so schreckliche Katastrophe zurückrief, und ließ mich hier nieder. Seit diesen Ereignissen sind siebzehn Jahre ver= flossen und die Erinnerung daran ist meinem Gedächt= niß noch eben so gegenwärtig, als wenn sie gestern geschehen wäre, die Wunde in meinem Herzen ist noch immer eben so lebhaft und ebenso flutend. Das ist die Geschichte Marcela's, Don Albino; ich mußte sie Ihnen mittheilen, damit Sie wußten, wer Diejenige ist, die Sie zum Weibe wünschen, und dann aus noch einem andern Grunde, mit dem ich Sie erst bekannt machen muß."

„Ich danke Ihnen für das Vertrauen, welches
Sie einem Manne bewiesen haben, der Ihnen bei=
nahe unbekannt ist, Don Marcos, aber seien Sie
überzeugt, daß ich dieses Vertrauens würdig bin
und es rechtfertigen werde."

„Ich glaube es, Albino. Was jedoch Ihre Meinung
anbetrifft, daß ich Sie kaum kenne, so sind Sie
im Irrthum, Don Albino; ich kenne Sie im Gegen=
theil sehr gut; wenn es nicht so wäre, würde ich Sie die
Schwelle dieser Thür nicht haben überschreiten lassen.
Marcela ist das einzige Band, welches mich an das
Leben fesselt, ich wache über sie, wie ein Geizhals
über seinen Schatz, mit einer unruhigen, stets behüten=
den Eifersucht. Ich werde sie nur Demjenigen geben,
welcher alle nöthigen Eigenschaften in sich vereinigt,
um sie glücklich zu machen. Schon seit langer Zeit
weiß ich, daß Sie sie lieben, und wenn ich bis jetzt
Ihre Zusammenkünfte nicht gestört habe . . . . ."

„Unsere Zusammenkünfte!" rief lebhaft der junge
Mann.

„Ja," antwortete er gerade heraus; „ich habe
unsichtbar allen Ihren Begegnungen mit Marcela
beigewohnt. Ihr Benehmen ist bis heute das eines
Ehrenmannes gewesen, ich mache Ihnen also keinen
Vorwurf. Allein, wenn Sie von nun an mit ihr
sprechen wollen, werden Ihre Unterredungen mit
ihr nur in meiner Gegenwart stattfinden; versprechen
Sie mir das, Don Albino?"

„Ich verspreche es Ihnen, Don Marcos, ich habe Marcela nichts Heimliches zu sagen, meine Liebe für sie ist aufrichtig."

„Ich glaube es, deshalb habe ich das Eis zwischen uns brechen wollen, um Ihr Vertrauen zu erhalten."

„Oh! Sie haben es vollkommen!" rief der junge Mann freudig aus.

„Dank, lassen Sie uns einstweilen hierbei stehen bleiben; es ist spät, ich bedarf ein wenig Ruhe, bevor ich an die Geschäfte gehe, welche mich rufen."

„Aber Sie hatten mir noch Etwas zu sagen, glaube ich?"

„Freilich wahr, allein der Augenblick ist noch nicht gekommen, es zu thun; sobald es dazu Zeit sein wird, werden Sie es erfahren."

„Ihr Wille geschehe, ich werde warten."

„Hier in diesem Winkel hängt eine Hängematte; eine Nacht geht bald vorüber. Ueberdies sind Sie jung und werden die Unbequemlichkeit der Gast= freundschaft, die ich Ihnen biete, nicht empfinden. Vielleicht werden Sie mich diese Nacht mit meinem Pferde davonreiten hören, das beunruhige Sie nicht. Ich habe Ihnen bereits gesagt, daß ich ausgehen muß; und nun überlasse ich Sie der Ruhe. Gute Nacht, reisen Sie morgen früh nicht ab, bevor Sie mich wiedergesehen haben."

Er zündete ein Licht an dem an, welches auf dem Tische brannte und machte einige Schritte, um sich zurückzuziehen.

„Verzeihung," sagte Don Albino lebhaft zu ihm „noch ein Wort, wenn's beliebt."

„Ich höre."

„Sie gehen wirklich heute Nacht aus?"

„Ja, gewiß."

„Trotz des furchtbaren Sturms!"

„Eben wegen dieses Sturms."

„Ich verstehe Sie nicht."

„Es ist nicht nöthig, daß Sie mich verstehen," meinte er lächelnd.

„Dieser Ausgang hat also ernste Beweggründe?"

„Höchst wichtige, Don Albino."

„Entschuldigen Sie mich, Don Marcos, daß ich so darauf dringe; aber ich bin begierig, Ihnen einen Vorschlag zu machen, und ich weiß nicht, wie ich ihn anbringen soll."

„So ist also das, was Sie von mir verlangen wollen, sehr ernst?"

„Das nicht gerade; allein ich fürchte eine Indiscretion zu begehen."

„Ei, davon glaube ich kein Wort. Erklären Sie sich offen; das ist das Einfachste."

„Das werde ich thun, da Sie mich dazu ermächtigen. Mit einem Wort, ich wünsche Sie zu begleiten."

„Sie!" rief Don Marcos mit einem unmerklich freudigen Beben.

„Warum nicht! Bin ich nicht ein starker und entschlossener Mann?"

„Ah! ah!" lachte er, „ahnen Sie denn, um was es sich handelt?"

„Beinahe. Sie sind Perlmuschelfischer und Schmuggler; nun aber glaube ich nicht, daß Sie in diesem Augenblick ausgehen werden, um sich auf die Fischerei zu begeben."

„In der That, die Stunde wäre ziemlich schlecht gewählt."

„Es handelt sich also um ein Schmuggelgeschäft?"

„Aus diesem Grunde gehe ich aus, Sie haben richtig gerathen."

„Ah! Sie sehen wohl, und Sie erlauben mir also, Sie zu begleiten?"

„Nein, Sie irren sich, das schlage ich aus."

„Sie haben ohne Zweifel einen Grund dazu?"

„Gewiß, wenn Sie es wünschen, werde ich Ihnen denselben mittheilen."

„Ich bitte darum."

„Nun, gut! ich bin Schmuggler; das Geschäft dieser Nacht ist sehr ernst, vielleicht werden Gefahren dabei zu überstehen sein; diese Gefahren sollen mich allein treffen, weil ich allein bei der Sache interessirt bin, während Sie dagegen derselben gänzlich fremd sind."

„Gut, ich beſtehe nicht weiter darauf, Don Marcos
es ſteht Ihnen frei, nach Ihrem Belieben zu handeln,
wie mir, nach dem meinigen. Weil Sie mir nicht
vertrauen wollen, werden Sie allein zu Ihrer
Zuſammenkunft gehen; aber ich muß Ihnen mittheilen, daß wir dieſes Haus zuſammen verlaſſen
werden.“

„Sie bedenken nicht, was Sie ſagen, Don Albino,
dies würde von Ihrer Seite eine Handlung von
unverantwortlicher Thorheit ſein; wohin wollten Sie
gehen in einer ſo furchtbaren Nacht?“

„Wohin es Gott gefallen wird, Don Marcos;
das beunruhigt mich keineswegs; aber ich verſichere
Ihnen, daß ich in Ihrer Abweſenheit nicht allein
hier bleiben werde.“

Der Seemann ſchien zu überlegen.

„Sie ſind alſo durchaus entſchloſſen, dieſe Thorheit zu begehen?“ ſagte er.

„Mein Entſchluß iſt unwiderruflich.“

„Wohlan! wenn es ſo iſt, werden Sie mich begleiten; allein erinnern Sie ſich, daß Sie es ſind,
der es fordert.“

„Das mache Ihnen keine Sorge, Don Marcos,
Sie verſprechen es mir alſo?“

„Auf Ehre. Sie können alſo ruhig ſchlafen,
ich werde Sie wecken, ſobald es Zeit iſt.“

„Dank, Don Marcos, ich wünſche Ihnen ebenfalls, gut zu ſchlafen.“

„Auf baldiges Wiederſehen!"

„Es bleibt dabei."

Don Marcos entfernte ſich, Albino blieb allein. Anſtatt ſich auf die für ihn bereitete Hängematte auszuſtrecken und den Verſuch zu machen, zu ſchlafen, nahm der junge Mann ſeinen Platz am Tiſche wieder ein, ſtützte ſeinen Kopf in ſeine Hände und verſank in tiefes Nachdenken.

Das ſeltſame Vertrauen, welches Don Marcos ihm hatte zutheil werden laſſen, wirbelte in ſeinem Kopfe und hatte ſeine Gedanken in vollſtändige Verwirrung gebracht. Dieſes plötzliche Vertrauen, welches dieſer ſonderbare Mann ihm bezeigte, ver= ſetzte ihn in große Unruhe. Gewiſſe Bemerkungen, welche er gemacht hatte, ließen ihn vermuthen, daß ſein Wirth gegen ihn nicht mit ſolcher Offenheit gehandelt habe, als er ſich den Anſchein geben wollte, und daß Beweggründe, welche er nicht kannte, ihn veranlaßten, ſo zu ihm zu ſprechen, wie er es ſeit beinahe einer Stunde gethan hatte. So überließ er ſich wachend ſeinen Träumen und ſuchte vergebens die Gründe zu errathen, welche das Benehmen ſeines Wirthes in Bezug auf ihn hervorgerufen hatten, als er plötzlich fühlte, daß man leiſe ſeine Schulter berührte.

Er richtete ſich raſch empor, indem er einen Schrei der Freude und Ueberraſchung unterdrückte.

Marcela ſtand bleich und zitternd vor ihm.

„Marcela," murmelte er und faltete die Hände „ich hoffte Euch zu sehen!"

„Ja, nicht wahr, Ihr erwartetet meinen Besuch Albino?" antwortete sie.

„Ich fürchtete, gezwungen zu sein, abzureisen, ohne das Glück zu haben, Euch noch einmal zu sehen."

„Gedenkt Ihr uns denn so schnell zu verlassen?"

„Nein, sicherlich nicht," erwiderte er verwirrt, denn er sah ein, daß er zu viel gesagt hatte.

Sie blickte ihn fragend an.

„Ihr täuscht mich, Albino," sprach sie.

„Ich, Marcela?"

„Ja, Ihr habt Pläne, die Ihr mir verbergen wollt."

Er senkte den Kopf und gab keine Antwort.

„Ich weiß Alles," begann sie von Neuem, ich war dort, hinter jener Thür; ich habe Alles gehört."

„Wie!" rief er aus, „Ihr wißt . . . ."

„Alles, sage ich Euch; Don Marcos hat Euch eine traurige Geschichte erzählt, nicht wahr, mein Freund? Diese Geschichte kennen viele Leute, welche sie jedoch nur bei geschlossenen Thüren und Fenstern mitzutheilen wagen; ihre Berichte weichen von dem Don Marcos' ab — in gewissen Einzelnheiten," setzte sie bitter hinzu.

„Was wollt Ihr damit sagen, Marcela? Ich zittere, Euch zu verstehen!" rief er mit einer Geberde des Schreckens.

„Später werden wir auf diesen Gegenstand zu-
rückkommen, mein Freund, und dann werde auch ich
Euch diese schreckliche Geschichte erzählen; und vielleicht werdet Ihr finden, daß sie nicht ganz derjenigen
gleicht, welche Ihr heut' Abend gehört habt. Aber
die Zeit drängt, Don Marcos hat einen leisen Schlaf,
er könnte aufwachen, er darf uns nicht hier beisammen
finden."

„Wenn er jetzt käme?"

„Ich habe dieser Eventualität vorgebeugt; Lindo
wird mich zeitig genug benachrichtigen. Ihr seid
sehr unvorsichtig gewesen, Albino, bei einem Manne
einzutreten, der Euch fast unbekannt ist und dessen
Gefühle für Euch durchaus nicht freundschaftlich sind,
troß seines Entgegenkommens gegen Euch. Dieser
Mann ist Euer Feind, Albino, hütet Euch!"

„Mein Feind? Ihr irrt Euch, Marcela, welche
Gründe könnte er haben, mich zu hassen?"

„Ich weiß es nicht, aber ich bin dessen gewiß,
was ich behaupte. Ich fühle es, Albino, ich liebe
Euch; meine Liebe benachrichtigt mich; das Herz
täuscht sich nicht."

„Ah! Marcela, was kann ich zu fürchten haben,
da ich von Euch geliebt bin?"

„Diese Worte sind eine Thorheit, mein Freund.
Vertraut meinem Scharfblick; ich weiß, wessen Don
Marcos fähig ist. Glaubt mir, seid auf Eurer Hut;
ich wiederhole Euch, daß er Euch haßt!"

4 *

„Mag sein, theure Marcela, daß er mich haßt, aber auch er hüte sich alsdann, denn ich bin kein Kind; ich schwöre Euch, bei dem ersten Zeichen des Verraths von seiner Seite...."

„Nein," unterbrach sie ihn rasch, „nicht so; dieser Mann ist betrügerisch und listig, schlagt ihn durch seine eigenen Waffen."

„Ich werde es versuchen, aber es wird mir sehr schwer werden. Ich gestehe Euch, Marcela, ich bin nicht gewöhnt, solche Mittel anzuwenden."

„Dennoch muß es sein, ach! mein Freund, Euer Leichtsinn und Eure Unvorsichtigkeit haben uns in eine sehr gefährliche Lage gebracht; war es denn nicht genug, hier einzutreten, ohne Euch bewegen zu lassen, ihm heut' Nacht zu folgen!"

„Ich bin es, der dies gefordert hat, Marcela."

„Das glaubt Ihr," erwiderte sie mit trübem Lächeln. „Ihr habt nicht bemerkt, mit welcher teuflischen Geschicklichkeit er Euch seinen Ausgang mitgetheilt und Euch gleichsam gezwungen hat, gegen Euren Willen ihm den Vorschlag zu machen, ihn zu begleiten."

„Allerdings," murmelte der junge Mann, indem er nachdenklich wurde; „aber welchen Zweck hat denn dieser Mann? was will er von mir?"

„Das ist ein Geheimniß zwischen ihm und dem Dämon, der es einflößt. Gegen Euch persönlich hat er vielleicht nichts, und es ist wahrscheinlich, daß,

wenn Ihr nicht Eure Blicke auf mich geworfen
hättet, er Euch nicht zu schaden suchen würde."

„Ihr sprecht in Räthseln, Marcela."

„Freilich wahr, mein Freund; leider ist es mir
in diesem Augenblick unmöglich, deutlicher zu sein;
nur so viel wisset: Vor Euch haben zwei junge Leute
versucht mir zu gefallen. Kaum habe ich ihr Be-
streben bemerkt. Ich habe nicht geliebt, weder den
Einen noch den Andern. Zieht nicht die Brauen
so zusammen, Albino; ich schwöre Euch, Ihr allein
habt den Weg zu meinem Herzen gefunden. Ihr
wißt, daß ich offen bin. Ich liebe Euch, ich habe
früher noch nie geliebt und werde niemals einen
Andern als Euch lieben."

„Oh! Dank, Dank, Marcela," rief er aus, indem er auf seine Knie sank und mit brennenden
Küssen die Hände bedeckte, welche sie ihm überließ.

„Ihr glaubt mir jetzt also?" sagte sie mit einem
reizenden Lächeln.

„Ich habe niemals an Euch gezweifelt, Marcela!"

„Lasset mich endigen: diese beiden jungen Männer,
von denen ich sprach, verschwanden plötzlich, ohne
daß Jemand sagen konnte, wie sie gestorben waren;
der Leichnam des Einen wurde, von Eidechsen halb
verzehrt, in der grünen See gefunden, der Andere
wurde im Mal-Paso entdeckt, den Kopf von einer
Kugel zerschmettert. Wer hatte sie getödtet? Das
konnte man unmöglich wissen. Albino, ich wieder-

hole Euch jetzt zum letzten Male, hütet Euch! Sie
waren auch mit Don Marcos verbunden; er be=
zeigte ihnen viel Interesse. Bedenkt, daß es in
Folge seiner Nachforschungen gelang, ihre Körper
wieder aufzufinden."

„Mein Gott!" meinte der junge Mann erschreckt,
„wenn das, was ich vermuthe, wahr ist, so ist dieser
Mann ein Ungeheuer!"

„Still," sagte sie und legte den Finger auf
ihren Mund, „still und wachet, Albino, ich kann
Euch nicht mehr sagen."

Und nachdem sie ihm ein letztes Lebewohl zu=
gewinkt hatte, verschwand sie, leicht wie eine Sylphe,
durch die halb offene Thür, die sie leise wieder
hinter sich schloß.

„Oh!" rief der junge Mann aus, „Alles
dies verbirgt ein furchtbares Geheimniß. Arme
Marcela! Wie muß sie leiden neben einem
solchen Manne, verurtheilt, unaufhörlich neben
ihm zu leben, ihm zuzulächeln und jede Minute
unter seinem Dämonenblick zu zittern. Gebe
der Himmel, daß es mir gelingt, sie zu retten!"

Er näherte sich der Hängematte, auf welcher er
sich ausstreckte, nicht um zu schlafen, sondern um
nach Gefallen und ohne fürchten zu müssen, durch
seinen fürchterlichen Wirth überrascht zu werden,
den Entschluß zu überlegen, dessen Pläne zu vereiteln
und ihn zu entlarven.

IV.

Querfeldein.

Der Schmuggelhandel, der eine bedeutende Entwickelung auf den amerikanischen Küsten der beiden Oceane erreicht hat, wurde vorzüglich in unglaublicher Ausdehnung auf dem stillen Ocean betrieben, da die Entfernung der Hauptstadt eine Controle fast unmöglich machte.

Dieses Schleichhandelgewerbe existirte schon lange in Mexico; es blühte bereits unter der strengen Verwaltung der spanischen Vicekönige, welche trotz unerhörter Anstrengungen vergebens versuchten, nicht dasselbe zu unterdrücken, — diese Unmöglichkeit hatten sie erkannt, — sondern es zu beschränken.

Der Unabhängigkeitskrieg, welcher fünfzehn Jahre dauerte, gab dem Schmuggelhandel einen neuen Aufschwung und war die Veranlassung, daß er auf soliden Basen begründet wurde, auf denen er sich noch heute befindet, so daß er in gewissen Theilen des Küstenlandes am hellen Tage An=

geſichts und mit Wiſſen von Jedermann ausgeübt
wird.

In den Gegenden, wo die Schmuggler gewiſſe
Vorſichtsmaßregeln treffen, treiben ſie nur des
Nachts ihr Handwerk, nicht etwa, weil ſie einſehen,
daß ihr Handel geſetzwidrig und unerlaubt iſt und
ſie ſich daher genöthigt glauben, ihr Verfahren zu
verbergen, ſondern einfach, weil die Beamten der
Douane in großer Anzahl vorhanden ſind und
demnach ſtärker als jene glauben, ihnen Geſetze
vorſchreiben und den Löwenantheil von den Expe-
ditionen beanſpruchen zu können, bei denen ſie ſich
betheiligen.

Oft verurſachten dieſe Mißverſtändniſſe zwiſchen
den beiden Parteien blutige Kämpfe, die um ſo
erbitterter waren, als Jeder für ſein Recht kämpft,
und zu kämpfen glaubt, welches der Andere zu
hintergehen beabſichtigt.

So verhielt es ſich auch im Hafen von Siguantanejo in Folge gewiſſer Streitigkeiten zwiſchen den
Douaniers und den Schmugglern wegen des Beute-
antheils nach einer ergiebigen Expedition. Es war
zu einem vollſtändigen Bruch zwiſchen den beiden
Parteien gekommen und ſeitdem befanden ſie ſich
in fortwährender Feindſeligkeit einander gegenüber.

Marcos, welchen die Schmuggler ſchweigend
als ihren Chef anerkannt hatten, erſtens wegen ſeiner
unbeſtrittenen Tapferkeit und dann, weil er als

vortrefflicher Seemann fähig war, selbst in den
dunkelsten Nächten und bei dem schlechtesten Wetter
die Ein= oder Ausladung eines Schiffes zu bewirken,
Don Marcos, sagen wir, trug die tiefste Verach=
tung für seinen Gegner zur Schau, und gab sich
kaum die Mühe, ihnen seine Expeditionspläne zu
verbergen, welche, wir müssen es zugeben, von
fünfzigmal, neunundvierzigmal gelangen — Dank
seiner energischen Initiative und der weisen Maß=
regeln, welche er anwendete.

Diese fortwährenden Erfolge machten die
Douaniers wüthend; aus dem einfachen Grunde,
weil sie in Folge ihrer Niederlage sich auf die
ihnen zukommende Summe, das heißt, auf fast
nichts angewiesen sahen, der Administrator der
Douane überhaupt war fast bis zur Wuth erbittert
und oftmals that er den Schwur — der freilich bis
dahin ohne Wirkung geblieben war — daß bei der
ersten Begegnung Don Marcos von seiner Hand
umkommen sollte. „Bedrohte Leute leben lange,"
sagt das Sprüchwort. Ohne sich weiter um
den würdigen Administrator der Douane zu be=
kümmern, setzte Don Marcos friedlich seine
Operationen fort, indem er sich statt jeder Rache
damit begnügte, am nächsten Morgen an seinen
Feind mit schlauer Miene Beileidscomplimente zu
richten, welche diesen fast rasend machten.

Gegen ein Uhr Morgens trat Don Marcos in

das Zimmer, wo Don Albino schlief oder wenigstens so that; bei dem Geräusche, welches die sich öffnende Thür machte, richtete sich dieser in seiner Hänge= matte auf.

„Ha!" sagte der Erstere, „Sie haben einen leisen Schlaf, Gefährte!"

„Eine alte Seemannsgewohnheit," antwortete dieser; „ist es Zeit?"

„Ja, wofern Sie Ihre Absicht nicht geändert haben, werden Sie wohl thun, aufzustehen."

„Ich stehe Ihnen sogleich zu Diensten."

„Ich hatte Lust, Ihr Pferd zu satteln, aber ich erinnerte mich, das dies eine Sorge ist, welche ein Reiter gern selbst übernimmt und da habe ich Ihnen denn diese Arbeit überlassen."

„Ich danke Ihnen."

Indem er dies sagte, sprang er aus seiner Hängematte, auf welche er sich völlig angekleidet niedergelegt hatte, so daß er augenblicklich bereit war.

„Wie ich bemerkt habe," sagte Don Marcos, „so haben Sie, außer Ihrer Machete und Ihrem Messer keine Waffen weiter, hier ist eine Doppel= flinte und zwei sechsläufige Revolver, welche Sie in Ihren Gürtel stecken mögen."

„Fürchten Sie denn einen Angriff?"

„Der Administrator der Douane, Don Remigo Valdez, ist mein Feind; er würde nicht böse darüber sein, mir irgend einen Streich zu spielen; man muß im Stande sein, sich zu vertheidigen."

„Allerdings," gab der junge Mann zur Antwort.

„Nun in den Corral, und beeilen wir uns! Wir müssen um zwei Uhr auf der Spitze des Petatlan sein; Sie sehen, daß wir keine Zeit zu verlieren haben."

„In der That, das ist ein guter Ritt. So lassen Sie uns denn gehen."

Sie traten in den Corral; Albino fing sein Pferd und begann es sogleich zu satteln.

Der junge Mann konnte die freundliche und herzlich gütige Weise seines Wirthes gegen ihn nicht begreifen. Je vertrauter er mit diesem Manne wurde, um so weniger vermochte er ihn zu enträthseln. Er erschien ihm unter so verschiedenen Farben, daß er für ihn ein unauflösliches Problem wurde. Nach dem, was er ihm selbst gesagt, und was Marcela hinzugefügt hatte, war er geneigt, ihn für einen finstern Bösewicht zu halten, besudelt durch Blut und Mord. Auf der andern Seite waren seine Worte so süß, seine Stimme so einnehmend, sein Blick so offen und so frei, daß er seine Ueberzeugung dem Zweifel Platz machen fühlte und er sich fragte, ob nicht ein geheimes Unglück auf dem Leben dieses Mannes laste; ein Unglück, welches wider seinen Willen, seinen Character in einem

Lichte erblicken ließ, welches nicht das richtige war.

Der letzte Vorschlag Don Marcos' erhöhte noch seine Verwirrung. Warum setzte dieser Mann, wenn er schlechte Absichten mit ihm hatte, ihn freiwillig in Besitz von Waffen, von denen, wie er vermuthen mußte, Don Albino im Falle des Mißlingens, gegen ihn selbst Gebrauch machen würde?

Alle diese Gedanken wirbelten in seinem Kopfe, während er sein Pferd mit jener peinlichen Sorgfalt sattelte, welche die Reiter, da sie wissen, daß ihr Leben von ihrem Thiere abhängt, darauf verwenden.

Als die Pferde bereit waren, nahmen die beiden Reiter sie am Zügel, führten sie durch den Saal und verließen das Haus.

Sie schwangen sich in den Sattel.

Don Marcos pfiff und augenblicklich erschienen zwei Männer, welche Don Albino vorher nicht bemerkt hatte.

„Ich breche auf,“ sagte er, „wachet über die Ninna.*)

„Geht, mein Gebieter, Ihr werdet bei Eurer Rückkehr Alles in Ordnung finden,“ antwortete einer der beiden Männer.

„Vorwärts!“ rief Don Marcos und spornte sein Pferd.

---

*) Junges Mädchen.

Die beiden Reiter sprengten durch die Nacht. Don Albino war traurig. Mit der den verliebten Menschen eigenen Inconsequenz hatte er gehofft, — obgleich er einsah, daß es unmöglich war — daß Donna Marcela an dem Fenster ihres Zimmers sein würde, um ihm im Augenblick der Abreise ein letztes Lebewohl zu sagen.

Schweigend galoppirten die Reiter neben einander. Ueberhaupt machte die Beschwerlichkeit des Weges jede Unterhaltung unmöglich.

Der Sturm hatte sich beinahe gelegt; der Regen hatte aufgehört, die Nacht war ziemlich klar, aber der Wind wehte noch mit großer Heftigkeit und das Rollen des Donners mischte sich ununterbrochen mit dem fortwährenden Grollen der am Strande sich brechenden Wellen.

Der Regen hatte die Wege so aufgeweicht, daß die Pferde nur mit außerordentlicher Schwierigkeit vorwärts kamen; sie strauchelten bei jedem Schritt, und sanken zuweilen bis an die Hacksen in Löcher, worin sie Gefahr liefen, sich die Beine zu brechen; durch den Sturm umgestürzte und zerschmetterte Bäume, große Felsstücke lagen hier und dort zerstreut, versperrten den Weg und zwangen die Reisenden zu unzähligen Umwegen, die sie eine beträchtliche Zeit verlieren ließen.

Endlich erreichten sie das Ufer, und obwohl das Meer noch ungestüm war und die weißen

Schaumkämme der Wellen fast zu ihren Füßen zerschellten, wurde ihre Reise doch weniger ermüdend und überdies schneller; ihre Pferde sprengten auf dem nassen aber schon wieder fest gewordenen Sande dahin, ohne das sich ihnen eins jener Hindernisse entgegenstellte, welche sie bis dahin aufgehalten hatten.

„Ah!" meinte Don Marcos, indem er mit prüfendem Blicke um sich schaute, „jetzt glaube ich, daß wir plaudern können, ohne allzu große Gefahr zu laufen, den Hals zu brechen; überdies legt sich der Sturm mehr und mehr, und wir werden bald vollkommene Meeresstille haben. Was denken Sie von diesem Spazierritt, zu dem ich Sie veranlaßt habe?"

„Meiner Treu, ich finde ihn sehr angenehm."

„Nicht wahr? Oh! das Leben der Schleichhändler ist nicht so unangenehm, als die Leute glauben."

„Ich weiß das."

„Wie, Sie wissen das? Sie haben also auch den Schmuggelhandel versucht, Don Albino!"

„Warum sollte ich nicht offen gegen Sie sein? Ja, ich habe mehrmals den Schiffern geholfen, ihre Ladung ohne Controle des Fiskus zu bewerkstelligen. Bin ich nicht Küstenbewohner wie Sie?"

„Allerdings; daran habe ich nicht gedacht; wer sich Costenno nennt, nennt sich Schmuggler," ant-

wortete heiter Don Marcos. „Ei, um so besser.
Ich fürchtete, mit einem Neuling zu thun zu haben.
Jetzt sehen Sie mich beruhigt. Wenn dieser
würdige Remigo Valdez, der Verwalter der Douane,
die Absicht hat, mit uns Händel zu suchen, nun,
bei Christo, so wird er finden, mit wem er es zu
thun hat, — ohne zu gedenken, daß meine Gefährten
entzückt sein werden über den neuen Recruten, den
ich ihnen zuführe.“

„Vortrefflich gesprochen,“ entgegnete der junge
Mann in demselben Tone; „ich will versuchen, den
Lobeserhebungen, die Sie mir ertheilen werden, zu
entsprechen; aber werden Ihre Gefährten nicht erstaunt
sein, Sie mit einem Fremden kommen zu sehen?“

„Sie, weshalb denn! Durch mich vorgestellt,
werden Sie im Gegentheil mit offenen Armen
empfangen werden; überdies, Sie werden sie sehen,
und ich bin sicher, daß Sie sie alle kennen; es sind
größtentheils Perlmuschelfischer oder Cargadores*)
des Hafens.“

„Es ist wohl ein wichtiges Geschäft?“

„Freilich, es handelt sich darum, an Bord einer
französischen Brigg, welche außerhalb der Spitze bei
den Inseln vor Anker liegt, eine Ladung von
plata pinna**) für Rechnung eines reichen eng-

---

*) Lastträger.
**) Silberbarren.

lischen Hauses zu San=Blas einzuschiffen; man giebt uns zwanzig Procent von dem Gesammtbetrag; Sie sehen, das dies ganz hübsch ist."

„Ich glaube wohl, um so mehr als Sie keine Gefahr dabei laufen."

„Hm! vielleicht werden wir uns mit der Douane in einen Kampf einlassen müssen."

„Wohlan, eine Schlacht! das wäre mir gerade recht!"

„Bei Gott! Sie sind ein prächtiger Gefährte, und ich freue mich über den Zufall, der mich näher mit Ihnen bekannt gemacht hat."

Dies wurde mit einer so wirklichen Innigkeit, einer so großen Herzlichkeit gesagt, daß Don Albino wider seinen Willen dem magnetischen Einflusse unterlag, welchen dieser sonderbare Mann auf Alle ausübte, die sich ihm näherten, und seinen Zweifel schwinden fühlte, um dem vollkommensten Vertrauen Platz zu machen.

So fuhren sie fort, sich noch eine Zeit lang auf die freundschaftlichste Weise zu unterhalten; wer sie gehört hätte, würde sie seit zehn Jahren ver= bunden geglaubt haben, nach der überfließenden Herzlichkeit zu urtheilen, welche sie in ihre Worte legten.

Nach ungefähr einer Stunde wandten sie sich ein wenig nach rechts und schlugen einen schmalen, in den Fels gehauenen Pfad ein, welcher durch

einen unmerklichen Abhang und zahlreiche Win-
dungen sich bis zum Gipfel des Felsenriffs erhob,
das an diesen Stellen schroff und drohend über das
Meeresufer emporsteigt.

Don Marcos mäßigte ein wenig den Gang
seines Pferdes und neigte sich zu seinem Gefährten,
indem er mit leiser Stimme sprach, als fürchtete er,
gehört zu werden:

„Wir werden unsere Verbündeten bald treffen,
lassen Sie mich Ihnen etwas empfehlen.“

„Thuen Sie das,“ antwortete der junge Mann.
„Bevor ich so plötzlich in eine mir ganz fremde
Gesellschaft versetzt werde, wird es mir lieb sein, zu
wissen, wie ich zu handeln habe.“

„Gerade in dieser Beziehung habe ich Ihnen
einige Worte zu sagen. Unter den zwanzig und
etlichen Caballeros, mit denen wir nun bald zusammentreffen werden, ist einer, mit dem ich Sie
bitte, in keine Beziehung zu treten; Sie sollen
später die Gründe dafür erfahren.“

„Aber wie soll ich diesen Mann erkennen?“

„Sehr leicht; er dient mir als Lieutenant, und
ist der Anwalt der Cargadores des Hafens; sobald
er mich sehen wird, kommt er ohne Zweifel mir
entgegen. Er ist ein Mann von beinahe fünfzig
Jahren, und von hoher Gestalt, seine Züge sind
hart und knochig; sein Blick schielend; obgleich von
weißer Race, ist seine Hautfarbe die eines Indianers;

er hat einen übertriebenen Geschmack für Toilette und trägt immer einen Ueberfluß von Edelsteinen an sich."

„Nach dem Portrait, welches Sie von dieser Persönlichkeit entwerfen, würde es mir schwer sein, ihn nicht auf den ersten Blick zu erkennen."

„Endlich heißt er Don Stefano Lobo (Wolf)" fuhr Marcos fort.

„Hm, das ist ein Name, welcher viel verspricht."

„Ja," meinte der Seemann mit einem sonderbaren Ausdruck, „und er hält noch mehr, als er verspricht."

„Nach dem, was Sie mir sagen, vermuthe ich, daß dieser Mann Ihr Feind ist."

„Er?" rief Don Marcos mit einem tonlosen Lachen, „Sie irren sich, Caballero, er ist im Gegentheil mein intimster Freund."

Don Albino blickte seinen Gefährten mit Erstaunen an, Don Marcos ließ ihm keine Zeit zu überlegen.

„Nicht wahr, Sie versprechen mir, jede Vertraulichkeit mit dieser Persönlichkeit zu vermeiden," sagte er.

„Ich verspreche es Ihnen, Sennor."

„Dank! Nun eine Zeit lang Gallopp, wir haben uns verspätet."

Sie sprengten wieder mit verhängten Zügeln weiter.

Zwanzig Minuten verflossen, die Reiter befanden
sich in einer Art Cannon*), der zu beiden Seiten
von hohen Felsen begrenzt war. Don Marcos
machte Halt und ließ zweimal hintereinander einen
Pfiff ertönen. Ein anderer Pfiff antwortete ihm
in ziemlicher Nähe.

„Gut! unsere Leute sind da," sagte er, „gehen
wir vorwärts."

Einige Minuten später gelangten sie auf eine
ziemlich große Ebene, die vollständig von Bäumen
entblößt war; wenige Schritte vor ihnen hielten
drei Reiter unbeweglich in der Mitte des Weges
und schienen zu warten.

„Wer da?" rief eine Stimme.

„Marcos!" antwortete der Seemann sogleich.
Und darauf neigte er sich zu dem Ohr seines
Gefährten und sagte:

„Der, welcher gerufen hat, ist der Mann, von
dem ich zu Ihnen gesprochen habe."

Indessen hatten die drei Reiter die beiden
Männer erreicht.

„Nun?" fragte Marcos.

„Nichts Neues," antwortete einer der Reiter.

„Die Douaniers haben sich nicht sehen lassen,
lieber Don Stefano?" fuhr Marcos fort.

„Sie haben kein Lebenszeichen von sich gegeben

---

*) Paß.

5*

Sennor," antwortete der Lieutenant, welchen Don
Albino sogleich wieder erkannte, nach dem Portrait,
welches Don Marcos von ihm entworfen hatte,
und das von treffender Aehnlichkeit war.

„Hm! Das beunruhigt mich," sprach Marcos
wieder, „ich traue dem Sennor Don Remigo nicht.
Seine Abwesenheit ist mir verdächtig, um so mehr,
als er von unserer Expedition heute Nacht voll=
kommen unterrichtet sein muß; wo sind unsere
Leute?"

„Sechs von ihnen erwarten uns im Salto=de=
Cabra mit den Maulthieren," gab Don Stefano
zur Antwort.

„Und die Anderen?"

„Ich habe sie auf Kundschaft ausgesandt auf
sämmtlichen Wegen, die auf unsern Einschiffungs=
punct münden."

„Wahrhaftig, lieber Don Stefano," sprach
heiter Don Marcos und rieb sich die Hände, „man
muß gestehen, daß Sie ein kostbarer Mann sind.
Ich würde es nicht besser gemacht haben; Ihre
Dispositionen sind vortrefflich getroffen. Wir
haben keine Ueberraschung zu fürchten."

„Ich glaube es nicht," antwortete bescheiden
Don Stefano.

„Nun, Caballeros," begann Don Marcos von
Neuem, „erlauben Sie mir, Ihnen einen meiner
Freunde vorzustellen, für den ich mit Leib und

Seele einstehe. Er hat den Wunsch zu erkennen gegeben, sich an dieser Expedition aus Liebhaberei zu betheiligen, und ich habe geglaubt, ihm diesen geringen Wunsch nicht abschlagen zu dürfen."

„Er sei willkommen," antwortete Stefano mit ausgesuchter Höflichkeit, „es ist eine Ehre für uns, ihn zum Gefährten zu haben."

„Sie überschütten mich mit Güte, Sennor," erwiderte Don Albino, indem er sich fast bis auf den Hals seines Pferdes neigte.

„Ich vergaß, Ihnen zu sagen, daß aus Gründen, die Sie ohne Zweifel schätzen werden, dieser Caballero mich gebeten hat, das Incognito bewahren zu dürfen," sprach Don Marcos weiter.

„Wenn die vollkommenste Freiheit sich nicht unter den Schmugglern finden sollte, so würde sie gänzlich von der Erde verbannt sein," sagte höflich Don Stefano.

Albino verneigte sich schweigend vor dem Chef, ohne eine andere Antwort zu geben.

„Brechen wir auf, Sennores," sagte Don Marcos, und drückte seinem Pferde die Sporen in die Weichen.

Alle folgten ihm.

Dieses Mal dauerte der Ritt nicht lange. Nach kaum zehn Minuten machten sie eine scharfe Wendung nach rechts und befanden sich auf der Höhe eines Felsenriffs, wo mehre Männer versammelt waren.

Diese Männer hatten sich, so gut es ging, gegen die Wuth des Sturmes, der auf dieser Höhe mit großer Heftigkeit wüthete, hinter einen Felsblock geschützt, der durch eine Seltsamkeit der Natur eine Art Voladero bildete, unter welchem fünfzig Menschen sich bequem aufhalten konnten.

In diesem Augenblick waren nur zehn dort. Einige zwanzig Maulthiere standen gesattelt und fraßen die Ration Mais, welche vor ihnen auf ausgebreiteten Zarapen auf der Erde ausgeschüttet lag.

Die Schmuggler empfingen die Neuangekommenen mit der lebhaftesten Freude.

Don Marcos und seine Gefährten sprangen von ihren Pferden, welche sich sogleich mit den Maulthieren vereinigten.

„Auf! Gefährten," rief der Schmuggler, „wir haben keine Zeit zu verlieren, um die Waaren einzuschiffen. Ich bitte Sie, Don Stefano, gehen Sie und sehen Sie, ob Alles in Ordnung ist."

Schweigend betrat der Lieutenant sogleich eine in den Fels gehauene Treppe und verschwand bald darauf.

Don Marcos nahm hierauf einen Schleichhändler bei Seite und sagte ihm einige Worte in's Ohr.

Der Mann verneigte sich, schwang sich auf ein Pferd, und ritt im Galopp davon, der Ebene zu.

Nachdem Don Marcos einen Blick über die

um ihn gruppirten Männer hatte schweifen lassen,
schritt er bis an den Rand des steilen Gestades
und neigte sich vor, ohne an die Gefahr einer
solchen Stellung zu denken, dann bildete er aus
seinen beiden Händen ein Sprachrohr und rief mit
einer Stimme, welche den Lärm der Wogen
beherrschte, die sich am Fuße des Gestades brachen:

„Ohe! Seid Ihr fertig dort unten?"

„Wir sind bereit!" antwortete eine Stimme,
welche aus dem Schooße des Meeres emporzusteigen
schien.

„An's Werk!" rief Don Marcos seinen Gefährten zu.

Diese eilten sogleich, ihm zu gehorchen.

V.

Die Schmuggler.

——

Das Felsenriff, auf deſſen Gipfel die Schmuggler verſammelt waren, liegt ungefähr vier Meilen von dem Hafen von Siguantanejo entfernt, halbwegs über die Spitze vom Petatlan hinaus, in einer kleinen Bucht, welche ſich beinahe den Inſelchen gegenüber befindet, die vor dem Eingang des Hafen gruppirt ſind.

Dieſes Felſenriff, welches ungefähr dreißig Meter über das Niveau des Meeres ſich erhebt, ſenkt ſich, indem es ſich aushöhlet, von oben nach unten und bildet das, was man in dieſem Lande einen Voladero nennt, wenngleich man von der einen Seite durch einen faſt unbemerkbaren Abhang auf ſeinen Gipfel gelangt.

Am Fuße des Felſenriffes, von welchem man vermittelſt einer Treppe hinabſteigt, die auf einer ſeiner Seitenwände in den Fels gehauen iſt — beiläufig geſagt, eine höchſt gefährliche Treppe —

dehnt sich ein Sandufer in einer Breite von unge=
fähr zehn Meter aus, wo die Fahrzeuge leicht an=
legen können und sich vollkommen geschützt finden
vor dem Nordostwind, der gewöhnlich sehr heftig
in diesen Gegenden weht.

Das von den Schmugglern angewandte Mittel,
um ihre Waaren einzuschiffen, war eins der
ursprünglichsten: es bestand einfach darin, daß einer
nach dem andern die Barren an den Rand des
steilen Gestades trug, und sie dort hinabfallen ließ.

Diese Silberbarren wurden durch ihre Gefährten,
welche sich zu diesem Zwecke unten am Ufer befan=
den, aufgenommen und sogleich in die Schiffe
geschichtet, welche zu ihrer Aufnahme bereit waren.

Auf Befehl Don Marcos' hatten sich die
Schmuggler in zwei Trupps getheilt.

Der eine, welcher die Pferde und Maulthiere
mit sich führte, hatte sich entfernt, um eine halbe
Stunde weiter hinauf die Waaren zu empfangen,
welche ein anderes Schiff auslud, gemischte Waaren,
größtentheils europäische Producte, wie: Stücke
Leinwand, Baumwolle und Seide, falsche Edel=
steine u. s. w.

Der zweite Trupp war mit dem Transport der
Silberbarren beschäftigt.

Die Schmuggler mußten, nachdem sie die Plata=
pinna an Bord der Brigg geschafft, welche man
etwa eine Meile entfernt im Meere ruhig liegen

faß, die Spitze umſegeln, und ihre Maulthiere
wieder erreichen, welche ſie in einer kleinen Bucht,
in geringer Entfernung des Pueblo ganz beladen,
erwarteten.

Don Albino folgte mit lebhaftem Intereſſe den
Operationen der Schleichhändler, er bewunderte
hauptſächlich die Schnelligkeit, mit der ſie den Be=
fehlen ihres Chefs gehorchten, und die entſchiedene
Ehrerbietung, die ſie ihm bezeigten. Nur eins
beunruhigte ihn: er fragte ſich, welches Mittel die
Schmuggler anwenden würden, um von dem Fels=
ufer hinabzuſteigen. Die Treppe, deren wir erwähnt
haben, war ziemlich entfernt von dem Orte, wo
ſie ſich befanden, überdies war ſie beinahe unweg=
ſam. Dieſen gefährlichen Weg einſchlagen, mußte
einen großen Zeitverluſt herbeiführen, in einer
Operation, bei welcher die Schnelligkeit im
Gegentheil eine conditio sine qua non des
Erfolges war.

Seine Neugierde war daher lebhaft erregt,
und er wartete mit Ungeduld auf den Moment,
wo der letzte Barren oben von dem Geſtade ver=
ſchwunden ſein würde, um zu ſehen, welches Mittels
ſich die Schleichhändler bedienen würden, um ihrer=
ſeits hinabzuſteigen.

„Nun,“ fragte ihn Don Marcos, „was denken
Sie von unſerer Art des Einſchiffens?“

„Ich finde Sie ſehr einfach für die Waaren,“

antwortete er; „allein, ich frage mich: welchen Weg
werden die Menschen nehmen?"

„Ei! Denselben."

„Wie?" sagte er, einen Schritt zurückweichend,
„Sie scherzen ohne Zweifel!"

„Nicht im Geringsten," gab der Schleichhändler
lachend zur Antwort.

„Sie werden sich über das Felsufer hinab=
lassen?"

„Mein Gott, ja; ich, Sie, wir Alle."

„Ah! Da bin ich neugierig zu sehen, wie Sie
diesen gefährlichen Sprung ausführen wollen."

„Sie werden sehen; seien Sie unbesorgt — um so
mehr, als Sie ihn selbst machen werden."

„Sie glauben?" sagte er mit deutlicher Un=
gläubigkeit.

„Wahrhaftig; und das, ohne zu zaudern."

„Sie wagen viel, indem Sie das behaupten."

„Nicht im Geringsten, das versichere ich Ihnen;
Sie sind erstaunt, weil Sie sich nicht die Mühe
geben, nachzudenken, das ist Alles."

„Oh! Oh!" meinte der junge Mann kopf=
schüttelnd, „die Sache ist nicht so einfach, wie Sie
behaupten; allein ich schwöre Ihnen auf meine
Ehre, daß, welchen Weg Sie auch einschlagen mögen,
ich Ihnen sogleich nachfolgen werde, und daß dort,
wo Sie hinüberkommen, es mir auch gelingen
wird."

„Ich zweifle nicht an Ihrem Entschluß; indessen wenn es Ihnen nicht gefallen sollte —"

„Nein, nein," unterbrach er ihn lebhaft, „ich gestatte keine Bemerkung über diesen Gegenstand. Ich gebe zu, daß Sie meiner sicher sind, da Sie mich ein wenig kennen, und ich danke Ihnen dafür; aber mit Ihren Gefährten ist es nicht dasselbe, und ich wünsche, daß sie mich kennen lernen."

„Sie haben Recht," sagte ernst Don Marcos; „Sie werden thun, was Ihnen beliebt."

„Gut, das ist die Erlaubniß, die ich erwartete; ich werde sie benützen, haben Sie Dank."

Während sie also plauderten, hatten die Schmuggler die Einschiffung der Barren fortgesetzt, indem sie dieselben nach einander von der Höhe des Gestades in die Tiefe schleuderten.

„Es ist Alles bereit, Sennor Don Marcos," sagte ein Mann, sich nähernd.

Don Marcos war im Begriff zu antworten, als der rasche Hufschlag eines Pferdes sich hören ließ und der Schmuggler, welchen Don Marcos auf Entdeckungen ausgeschickt hatte, anlangte; er sprang schnell von seinem Pferde herab und näherte sich lebhaft dem Chef; dieser zog ihn etwas bei Seite.

„Nun! Was giebt es Neues?" fragte er ihn mit leiser Stimme.

„Sie haben richtig errathen, Sennor," ant=

wortete der Mann in demselben Tone; es ist Alles
so, wie Sie gesagt haben."

· „Ah! Ah!" rief Don Marcos mit leichtem
Stirnrunzeln; „Don Remigo ist also benachrichtigt."

„Vollkommen, und diesmal hofft er, daß Sie
ihm nicht entgehen werden."

„Hm!" murmelte der Seemann, und lächelte
mit schlauer Miene, „wir sind zu zwei bei dem
Spiel; wissen Sie das Nähere?"

„Auf das Genaueste."

„Gut, ich höre; seien Sie kurz."

„Ein Paar Worte genügen: Sie werden auf dem
Lande und auf dem Meere angegriffen werden."

„Teufel! Dann ist es ein wirklicher Feldzug."

„Don Remigo will die Sache beenden."

„Er hat sehr Recht. Auch ich habe den leb=
haftesten Wunsch, dies zu thun," erwiderte Don
Marcos und rieb sich die Hände.

Die Schmuggler, welche zu entfernt standen,
um zu hören, was ihr Chef sagte, waren dennoch
nahe genug, um seine Geberden zu sehen.

Bei diesem Händereiben, — für sie ein unfehl=
bares Zeichen einer nahen Gefahr — wechselten sie
einige leise Worte, um sich gegenseitig zu ermu=
thigen, die Fassung zu bewahren.

„Wen werden wir auf dem Wasser finden?"

„Oh! Das sollten Sie wohl wissen: die Er=
lösung."

„Sie sind dessen gewiß?" rief er lebhaft aus.

„Bei Gott, ja!" versetzte der Andere, „sie lavirt seit Sonnenuntergang leewärts vor dem Winde, und wechselt Signale mit dem Lande."

„Gut, an's Werk denn!" Und er verließ den Boten, von dem er ohne Zweifel Alles erfahren hatte, was er zu wissen wünschte, und näherte sich rasch den am äußersten Rande des Felsenriffs versammelten Schmugglern.

„Doppelte Ladung, Gefährten!" rief er.

Darauf nahmen mehre Männer lange Reatas, die an einander geknüpft waren und machten ein Seil von etwa vierzig Meter Länge daraus. Das äußerste Ende, an welchem die beiden letzten Barren befestigt worden waren, ließen sie in den Abgrund fallen, indem sie diese neue Art Seile langsam abwickelten, bis ein rauher Schrei von unten sie benachrichtigte, daß die Barren die Erde berührt hatten.

Das Seil wurde darauf straff angespannt und mit einem Tau an ein großes Felsstück befestigt.

Don Marcos überzeugte sich, daß das Seil gut gespannt war, dann gab er ein Zeichen.

Darauf kletterten die Schmuggler, einer nach dem andern bis an den äußersten Rand des Felsenriffs, hielten sich mit den Füßen und Händen am Seile fest und ließen sich sanft in die Tiefe gleiten."

Es wird hier am Platze sein, wenn wir bemerken, daß eine Reata das ist, was die Gauchos einen Laſſo nennen; der einzige Unterſchied beſteht darin, daß ſie anſtatt von Flachs, von geflochtenem und geſchmiertem Rindsleder iſt, was ſie außerordentlich geſchmeidig und handlich macht; ihre Dicke pflegt nur einen kleinen Finger ſtark zu ſein. Es war daher kein Kinderſpiel, ſich an dieſem Seil in eine Tiefe von vielleicht dreißig Meter hinabzulaſſen, und zwar mitten in der Nacht, und bei einem Winde, welcher — ungeachtet der Anſtrengung derjenigen, die das äußerſte Ende deſſelben hielten, es in heftige Schwingungen verſetzte.

Es bedurfte der ganzen Geſchicklichkeit, der Kraft und des Muthes, womit dieſe kühnen Abenteurer begabt waren, daß ſie ihr Hinabſteigen bewerkſtelligten, ohne wohl zwanzig Mal in Gefahr zu ſein, ſich gegen die Felſen zu zerſchmettern.

Während ſeine Gefährten, einer nach dem andern ſich an das Seil hingen mit jener freudigen Sorgloſigkeit, welche die Gewohnheit der Gefahr giebt, näherte Don Marcos ſich Don Albino und fragte ihn im ſcherzendem Tone:

„Sind Sie noch immer entſchloſſen, uns zu folgen?“

„Mehr als je,“ antwortete dieſer gerade heraus.

„Bravo! Ich wußte, daß Sie nicht zurückweichen würden,“ erwiderte er ernſt. „Nun, noch eins.“

„Ich höre.“

„Kann ich auf Sie zählen?"

„Wie auf sich selbst."

„Ich spiele heut' Nacht eine bereits seit langen Jahren begonnene Partie zu Ende; der Schlag soll entscheidend sein; vielleicht werde ich eines Freundes bedürfen."

„Sehen Sie mich als solchen an," sagte freimüthig der junge Mann.

„Verstehen Sie mich wohl; ein Mißverständniß könnte für mich wie für Sie tödtlich werden: Sie müssen mir ohne Hintergedanken auf Wink oder Wort gehorchen."

„Ich werde Ihnen gehorchen."

„Welches auch die Folgen davon sein mögen?"

„Ja."

„Sie versprechen es mir?"

„Ich schwöre es Ihnen auf meine Ehre," erwiderte der junge Mann mit entschlossenem Tone.

Don Marcos reichte ihm die Hand.

„Haben Sie Dank," sagte er bewegt, „ich habe Ihr Wort erhalten, bedenken Sie, daß bei dem, was vorgehen wird, Sie noch mehr interessirt sind, als ich selbst. Kommen Sie," fügte er hinzu, ohne ihm Zeit zu lassen, um eine Erklärung seiner geheimnißvollen Worte zu bitten; „wir sind allein übrig geblieben, es ist an Ihnen, hinabzusteigen."

„Aber Sie?"

„Ich werde zuletzt gehen, muß ich nicht die

Reata losmachen? Gehen Sie, gehen Sie, wir
haben schon zu viel Zeit verloren."

Don Albino kletterte auf Händen und Füßen
über das Felsufer, wie er es von den Schmugglern
gesehen hatte; er klammerte sich kräftig an die
Reata und indem er in seinem Innern ein Gebet
zum Himmel sandte, ließ er sich in den offenen
Abgrund unter ihm hinabgleiten.

Das Hinabsteigen ging, obwohl viel schneller,
als er gewünscht haben würde, ohne Unfall von
Statten, und der junge Mann befand sich fast
augenblicklich in der Mitte der Schleichhändler,
welche ihn gleichsam mit offenen Armen empfingen.

Don Marcos blieb also allein auf dem Gipfel
des Felsenriffs. Sobald er sich überzeugt hatte,
daß sein junger Gefährte frisch und munter den
Erdboden berührt hatte, nahm er eine Pistole
aus seinem Gürtel und mit dem Rücken dem
Meere zugewandt, feuerte er drei Zündhütchen ab.

Nach einer kurzen Zeit, die nicht zwei Minuten
überschritt, bewiesen ihm drei aneinander
folgende Lichtstreifen, welche die Finsterniß durch-
brachen, daß sein Signal bemerkt und verstanden
worden war.

„Gut!" murmelte er, „sie sind auf ihrer Huth;
Alles geht vortrefflich."

Er steckte die Pistole wieder in seinen Gürtel
und ging auf den Felsen zu, an welchem die

Reata befestigt war. Mit bewunderungswürdiger
Kaltblütigkeit löste er darauf einen Knoten nach
dem andern, so daß von dem um den Felsblock ge=
wundenen Seil nur noch ein Streifen übrig blieb,
und nachdem er die Reata in seiner linken Hand
sorgfältig aufgerollt hatte, legte er sich mit dem
Leibe auf die Erde und kroch in dieser Stellung
bis an den äußersten Rand des steilen Gestades;
schwang sich hinüber, umklammerte die Reata und
ließ sich hinabgleiten, indem er sich nur mit einer
Hand hielt und allmählich die Art Rolle in seiner
linken Hand abwickelte.

Dieses Unternehmen war im höchsten Grade
schwierig und gefährlich; die geringste falsche Be=
wegung, ein sich lösender Knoten in der Reata, würde
genügt haben, ihn in seiner Verrichtung zu unter=
brechen und in den Abgrund zu stürzen. Der
Tapferste würde gezaudert haben, eine ähnliche
Handlung auszuführen, und wir zweifeln sehr, daß
selbst Blondin, fabelhaften Angedenkens, unter
solchen Bedingungen es gewagt haben würde, in
einer finstern Nacht und bei so heftigem Winde
in einen Abgrund von dreißig Meter Tiefe hinab=
zusteigen.

Indessen schien sich Marcos wegen der außer=
ordentlichen Gefahr, der er sich aussetzte, durch=
aus nicht zu beunruhigen, so sicher und geschickt
berechnet waren seine Bewegungen. Seine am

Fuße des Felsenriffs versammelten Gefährten, obgleich alle Männer von verwegener Kühnheit, sahen
nur zitternd und mit gepreßtem Herzen diesem
schrecklichen Hinabgleiten zu. Endlich erreichte
Marcos den Boden, zur großen Freude der Schleichhändler, die ein Ah! der Befriedigung nicht unterdrücken konnten, als sie ihn wohlbehalten in ihrer
Mitte sahen.

Kaum hatte er den Sand berührt, als er die
Reata an sich zog und sie fallen ließ.

„Wo ist denn Don Stefano?" fragte er.

Der Lieutenant näherte sich.

„Ist die Plata-pinna am Bord?" fragte er.

„Ja, Sennor," antwortete Don Stefano, „ich
habe sie in zwei Schiffen laden lassen."

„Es scheint mir," entgegnete er scharf, „daß
sie in einem hätte untergebracht werden können."

„Allerdings, Sennor," erwiderte der Lieutenant
mit einer gewissen Verlegenheit, „aber ich fürchtete,
daß das Schiff zu sehr belastet werden würde; und
da wir nach bestimmten Nachrichten, die ich erhalten habe, keinen Angriff von der Douane zu
fürchten brauchen....."

„Ein Grund mehr," unterbrach er ihn in
spöttischem Tone, „um nur ein Schiff zu beladen;
was thut es, wenn es langsam segelt, da wir
keine Jagd zu fürchten brauchen?"

„Es schien mir".... stammelte er verlegen.

„Es schien Ihnen, Sennor?" wiederholte er
streng. „Ich allein bin verantwortlich; ich habe
also allein das Recht zu befehlen; Ihre Pflicht ist,
zu gehorchen. Beeilen Sie sich daher, die Befehle,
welche Sie erhalten haben, auszuführen."

Der Lieutenant senkte den Kopf unter diesem
in Gegenwart Aller erhaltenen scharfen Verweis,
und entfernte sich, ohne etwas zu erwidern, indem
er den Schimpf hinunter schluckte, der ihm an-
gethan worden war.

Einige Minuten verflossen, Don Marcos schritt
aufgeregt am Ufer entlang, er hatte die Brauen
zusammengezogen und die Arme auf dem Rücken
gekreuzt; zuweilen blieb er stehen, um einen for-
schenden Blick über das Meer zu senden, als hätte
er die dichte Finsterniß durchdringen mögen, welche
den Horizont verhüllte.

Von dem Ungewitter blieb keine Spur mehr,
der furchtbare Cordonnazo' hatte sich in andere
Regionen geflüchtet; das einige Stunden vorher
so aufgeregte Meer war jetzt vollkommen ruhig;
die Wellen brachen sich langsam mit klagendem
Rauschen am Ufer, während ihre weißen Schaumkämme wie ebenso viele Diamanten blitzten in
dem bleichen Lichte der Sterne, die hier und da
den Himmel mit ihrem funkelnden Schein be-
leuchteten.

Die Nacht rückte vor; es war ungefähr drei

Uhr Morgens. In der Ferne, auf der Höhe der Wogen, sah man, gleich einem Irrlicht, einen röthlichen Schein tanzen, welcher höchstens so breit wie ein Piaster bald sich zu mächtiger Höhe erhob und bald wieder in die Wogen zu versinken schien; auf dieses Licht concentrirten sich die ungeduldigen Blicke des Schmugglers.

Endlich trat Don Stefano wieder zu ihm.

„Ihre Befehle sind ausgeführt," sagte er.

„Gut, Don Stefano," antwortete Don Marcos. „ich danke Ihnen für die Schnelligkeit, mit welcher Sie Ihren Irrthum wieder gut gemacht haben. Ich bin eben etwas heftig gegen Sie gewesen; ich bedauere es, und. bitte Sie, so gut zu sein und meine aufrichtigen Entschuldigungen anzunehmen."

„Gewiß, Sennor," stammelte Don Stefano.

„Ich hoffe, daß Sie mir wegen meiner Ungeduld nicht böse sein werden; die überdies unter Umständen, wie die, in denen wir uns befinden, wohl zu entschuldigen ist," unterbrach ihn Don Marcos.

„Zwischen Caballeros genügt ein Wort, Sennor; seien Sie überzeugt, daß Alles vergessen ist," entgegnete Don Stefano mit höflicher Verbeugung.

„Eingeschifft, Gefährten!" befahl Don Marcos.

Die Schmuggler gehorchten, wie Männer, die Eile hatten, eine Sache zu beenden, und welche jede Verzögerung ungeduldig zu machen begann.

Auf der Küste des stillen Oceans bedient man
sich zum Schleichhandel allgemein der Fahrzeuge,
deren Vorder= und Hintertheil lang zugespitzt sind,
wie die Piroguen zum Wallfischfange; aber sie
sind viel größer und können nöthigenfalls zwanzig
bis fünfundzwanzig Mann fassen.

Allerdings sind diese Leute sehr eingezwängt
und ein Theil von ihnen muß bei manchen Ge=
legenheiten unter den Bänken der Ruderer liegen
bleiben.

Diese Fahrzeuge werden mit einem Schwanz=
ruder geleitet und sind größtentheils vortreffliche
Segler; wir müssen hinzufügen, daß die mexika=
nischen Schmuggler alle kühne Matrosen sind,
welche diese Fahrzeuge mit großer Geschicklichkeit
handhaben.

Bald war die ganze Mannschaft am Bord,
dieselbe bestand aus fünfzehn Männern, die mit
Flinten, Revolvern, Macheten, Messern und Reatas
wohl bewaffnet waren; das Schiff wurde los=
gemacht und stach in See, fortgetragen auf dem
Rücken der Wellen, durch die gemeinsame An=
strengung von zwölf Ruderern, welche es wie eine
Seeschwalbe über das Meer dahinfliegen ließ, troß
der schweren Ladung von Silberbarren.

Don Marcos stand im Hintertheil und steuerte;
Don Albino saß ihm zur Rechten und Don Ste=
fano zu seiner Linken.

Das Schiff nahm seinen Lauf in gerader Linie
auf das Licht zu, von dem wir weiter oben gesprochen
haben.

Die Schmuggler ruderten kräftig beinahe eine
halbe Stunde; dann legten sie auf Befehl Don
Marcos' die Ruder bei.

Sie näherten sich rasch dem Schiffe, dessen
Rumpf und Masten trotz der Finsterniß vollkommen
sichtbar waren.

„Ohe! Schiff!" rief Don Marcos mit durchdringender Stimme.

„Holla!" antwortete man sogleich.

„Sie scheinen auf die Insel zuzutreiben," sagte
der Schmuggler, „bedürfen Sie eines Lootsen?"

„Wir erwarten ihn mit Ungeduld," antwortete
man wieder.

Don Marcos schoß ein Zündhütchen ab.

Das Schiff antwortete diesem neuen Signal.

„Legt an!" rief dieselbe Stimme, welche sich
bereits hatte vernehmen lassen.

„Haltet Euch bereit, uns ein Tau zuzuwerfen!"
sprach Don Marcos, indem er sich an seine Gefährten wendete; „steuern wir darauf los, Caballeros,"
setzte er hinzu.

Sämmtliche Ruder tauchten zugleich in das
Meer und das Fahrzeug begann wieder seinen Lauf.

Einige Minuten später legte es an die Back-
bordseite des Schiffes an und nahm seinen Platz

am Coupé, wo es vermittels eines Taues, welches man ihm über das Barkholz zuwarf, befestigt wurde.

„Sind Sie es, Sennor Don Marcos?" fragte ein Seemann, der sich am Coupé zeigte.

„Ja, Sennor Capitain," antwortete der Schmuggler.

Und indem er die Fallreeps ergriff, die man ihm reichte, sprang er an Bord, gefolgt von Don Albino und dem größten Theil seiner Mannschaft.

———

VI.

Die keusche Susanne.

———

Daß durch die Schmuggler so kühn angeredete
Schiff war eine Goelette von neunzig Tonnen; sehr
fein und leicht, mußte es ein ausgezeichneter Segler
sein; es herrschte eine bewunderungswürdige Ordnung und vollkommene Sauberkeit auf demselben.

Obgleich diese Goelette ein Handelsschiff war,
so trug sie dennoch zwei Caronaden im Vordertheil
und vier kupferne Steinböller im Hintertheil, was
ihr ein anmuthig kriegerisches Aussehen gab.

Der Capitain, ein starker Mann mit verbrann-
tem Teint, aber mit intelligenten Gesichtszügen
und grauen Augen voll Bosheit und Schlauheit,
empfing Don Marcos mit Zeichen der offensten
Herzlichkeit, und nachdem er ihm mehrmals die
Hand geschüttelt hatte, zog er ihn mit sich fort
unter das Roof, eine Art Wohnung auf dem
Hintertheil des Schiffes, welche speciell zu seinem
persönlichen Gebrauch bestimmt war.

Don Albino war auf einen Wink des Schmugg=
lers diesem gefolgt.

Sobald die Thür wieder hinter den drei Per=
sonen geschlossen war, sagte Don Marcos:

„Erlauben Sie mir, Capitain Guichard, Ihnen
den Sennor Don Albino, einen meiner besten
Freunde vorzustellen."

„Er sei willkommen," antwortete heiter der
Capitain. „Nun, meine Herren, nehmen Sie Platz
und erlauben Sie mir, Ihnen ein Glas alten fran=
zösischen Cognac anbieten zu dürfen, den wir,
während wir plaudern, versuchen wollen."

„Ich nehme Ihr Anerbieten mit Vergnügen
an, Capitain," entgegnete Don Marcos; „ich kenne
Ihren Cognac seit langer Zeit, und jemehr ich da=
von trinke, um so besser scheint er mir."

„Bravo! Das ist ein Wort," versetzte der
Capitain, während er eine Flasche und drei Gläser,
welche er sogleich füllte, auf den Tisch stellte.

„Auf Ihre Gesundheit, meine Herren!" fügte
er hinzu.

Man stieß an und trank.

Der Capitain Guichard war ein alter Meer=
wolf, welcher seit zwanzig Jahren an den Küsten
des stillen Oceans herumstreifte und sich mit einer
unvergleichlichen Geschicklichkeit dem ausgedehntesten
Schleichhandel überließ. Seine Goelette, die
keusche Susanne, wohl bekannt in den Häfen

von Valparaiso bis San-Franzisco, war der
Schrecken der Zollbeamten und sämmtlicher Agen-
ten des Fiskus von den verschiedenen Republiken
des Küstenlandes.

Ihr Capitain stand in dem Rufe, ein großer
Schmuggler und je nach Bedürfniß ein Wenig
Pirat zu sein. Ebenso leicht war es, sogleich an
seinem stark ausgeprägten, südlichen Accent zu
erkennen, sobald er sich in seiner Muttersprache
ausdrückte, daß der Capitain Guichard ein Marseillaise des alten Stammes war, prahlerisch, listig,
tapfer bis zur Verwegenheit, der sich mit derselben
Leichtigkeit in den verschiedenen Mundarten der
fünf Welttheile ausdrückte. Uebrigens erfreute er
sich eines ausgezeichneten Rufes bei seinen unzähligen Committenten, da er sich aus den gefährlichsten
und zartesten Situationen mit Leichtigkeit, und oft
mit großer Geschicklichkeit, mit Ehre herauszuziehen
wußte.

Auch wurde er als ein kostbarer Verbündeter
angesehen von den Kaufleuten, welche ihre Zuflucht
zu ihm und keinen Anstand nahmen, in gewissen
Fällen seiner Redlichkeit Waaren von beträcht-
lichem Werthe anzuvertrauen.

„Was giebt es Neues auf der Küste?" fragte
der Capitain, indem er sein Glas wieder auf den
Tisch niederstellte und befriedigt mit seiner Zunge
schnalzte.

„Ei! Nicht viel, was können wir auch wissen?"
antwortete Don Marcos.

„Freilich wahr, Ihr seid ganz abgesondert von
der Welt. Bah! Man sagt, die Unwissenheit ist
das Glück. Auf Ihre Gesundheit."

„Auf die Ihrige! Sind Ihre Waaren aus=
geschifft?"

„Ei! Seit länger als zwei Stunden sind sie
bereits an dem verabredeten Ort, unter der Ob=
hut von fünfzehn meiner Matrosen. Ich erwarte
nur ihre Rückkehr, um wieder unter Segel zu
gehen. Seit gestern schon schwanke ich hier, diesem
Vorgebirge gegenüber von einer Seite zur andern,
ich versichere Ihnen, ich fange an, mich bedeutend
zu langweilen."

„Ich begreife das."

„Ohne den verdammten Cordonnazo zu rechnen,
welcher mich gegen Sonnenuntergang bestürmt
hat, und mich beinahe an die Küste getrieben
hätte."

„Ja, es war ein harter Sturm, aber jetzt ist
er vorüber, mit Anbruch des Tages werden Sie
unter Segel gehen können."

„Ich hoffe es. Sie trinken nicht: auf Ihre
Gesundheit!"

„Auf die Ihrige. Wir werden Sie wohl bald
hier wiedersehen, Capitain?"

„Das ist wahrscheinlich," entgegnete er mit

schlauem Lächeln, „in kurzer Zeit wird für ehrliche Leute, die ihr Geschäft verstehen, in dieser Gegend viel Geld zu gewinnen sein."

„Wie dies?"

„Ich weiß es," versetzte er mit geheimnißvoller Miene. Sie werden sehen —"

In diesem Augenblicke wurde die Thür geöffnet und ein Offizier erschien.

„Ah! Da sind Sie ja, Meister Hoursot," sagte der Capitain, „nun, nimmt es seinen Fortgang?"

„Ja, Capitain; es ist fast Alles an Bord, aber diese verdammten Barren sind schwer und schwierig zu handhaben."

„Wollen Sie einmal trinken?"

„Das schlage ich nicht aus, Capitain; es macht einen verteufelten Durst; ich habe eine ausgetrocknete Kehle wie der Nordostwind heut' Morgen."

„Hm! Das ist bei Ihnen fast immer der Fall, Meister Hoursot .... Auf Ihre Gesundheit!"

„Auf die Ihrige! Capitain und Gesellschaft," antwortete der würdige Seemann, indem er mit einem Zuge ein Glas Cognac leerte.

„Haben Sie mir etwas zu sagen?"

„Ja, Capitain," erwiderte er und fuhr mit dem Arm über seinen Schnurrbart. „Es ist ein Schiff in Sicht in Südost."

„Ah! Ah! Und was ist das für ein Schiff?"

„Eine Goelette. Ihre Bewegung scheint mir

ziemlich verdächtig; man würde meinen, daß sie
auf uns zusteuert."

„Lassen wir sie es thun: das Meer ist für Jedermann, es ist die große Straße Gottes; allein, über=
wachen Sie das Schiff und wenn es sich zu sehr
nähert, so benachrichtigen Sie mich."

Meister Hoursot grüßte und entfernte sich.

„Hm!" meinte der Capitain, „eine Goelette in
Sicht, in dieser Jahreszeit; was denken Sie davon,
Don Marcos?"

„Und Sie, Capitain?"

„Bei Gott! Das scheint mir sehr verdächtig;
wenn es nicht die Erlösung ist."

„Sie haben es sogleich errathen, Capitain
Guichard."

„Hol's der Kuckuck!" rief er aus, indem er
einen provençalen Fluch mit der spanischen Sprache
vermischte, welche er in diesem Augenblick sprach;
„sind Sie dessen gewiß?"

„Vollkommen; ich beobachte sie schon seit gestern
Abend."

„Ah! es ist die Erlösung," begann er wieder,
und rieb sich die Hände; „commandirt sie noch
immer der Capitain Ortega?"

„Wenn die Regierung es nicht für angemessen
gehalten hat, ihn seit achtundvierzig Stunden durch
einen Anderen zu ersetzen, so ist er es ohne Zweifel."

„Oh!" meinte der Capitain mit sonderbarer

Betonung, „ich würde nicht böse sein, mit dem Capitain Ortega zu plaudern; ich habe eine alte Rechnung mit ihm zu ordnen; und Sie auch, Don Marcos, wenn ich nicht irre?"

„Allerdings," antwortete der Schmuggler mit dumpfer Stimme.

„Er hat also Wind gehabt von der Expedition?"

„Wir sind an Don Remigo Valdez verkauft worden."

„Mein alter Freund, der Administrator des Zollamtes," sagte der Capitain in scherzendem Tone. „Gut, gut, dann werden wir sehen."

„Gedenken Sie denn, der Erlösung Wider= stand zu leisten?"

„Bah! Sie glauben doch nicht, daß ich mich werde kapern lassen?"

„Das sage ich nicht, aber Sie könnten die Flucht ergreifen; die Erlösung hat acht Zwölfpfünder und ein Mörsergeschütz im Vordertheil."

„Was geht es mich an?" antwortete die Ach= seln zuckend, der Capitain. „Die keusche Su= sanne weiß sich auf jede Art zu vertheidigen, Don Marcos, und bei Gott! wenn man sie an= greift, wird sie sich vertheidigen; zum Teufel mit den Guadalupes*) — ohne Sie beleidigen zu wollen, und auf Ihre Gesundheit, wie auf die Ihres Freundes, Don Marcos."

---

*) Ein den Mexikanern gegebener Spottname.

Die Gläser wurden von Neuem geleert und zu einer lebhaften Gesundheit gefüllt, dann verließen der Capitain und seine Gäste das Roof.

Es begann zu tagen; die Sterne erloschen einer nach dem andern in der dunklen Tiefe des Himmels, die Morgendämmerung färbte den Horizont mit ihren glänzenden Tinten. An der äußersten blauen Linie verkündete ein heller rother Schein, der Vorläufer des Sonnenaufgangs, daß dieses Gestirn bald emportauchen und die Natur mit ihrem belebenden und majestätischen Glanze beleuchten würde.

In diesem Augenblicke trat eine leichte Goelette allmählich aus der dichten Nebelwolke hervor, welche sie verbarg, und erschien höchstens vier Kabellängen luvwärts der keuschen Susanne.

Es war ein hübsches Schiff, von schmuckem und kühnem Aussehen, mit seinem, schlanken Rumpf und coquet zurückgeworfenen Masten, sein sauberes und gut getheertes Takelwerk, seine hübsch umsäumten Segel und vor Allem die drohenden Schlünde von acht kleinen Zwölfpfündern, die am Steuerbord hervorragten, die gebohrten Stückpforten in seinen Barkhölzern und der Achtzehnpfünder auf seinem Vordercastell bewiesen, selbst wenn es nicht einen langen Wimpel an seinem Hauptmastknopf gehabt hätte, daß dieses Schiff ein zur Ueberwachung der Küste bestimmter Kreuzer war.

Die Brise war so schwach, daß die Goelette nur sehr langsam vorwärts kam, sie schwankte von einer Seite zur andern und vermochte nur schwer ihre Richtung einzuhalten.

„Es ist wirklich die Erlösung," sagte heiter der Capitain. „Wem, zum Teufel! will sie denn zu Leibe?"

Bei diesem sonderbaren Ausruf konnten die Personen, welche sich in der Nähe des Capitains befanden, sich des Lachens nicht enthalten.

„Hören Sie, Meister Hourſot," fuhr der Capitain fort, „laſſen Sie mit der Einschiffung der Barren fortfahren; da man jedoch nicht weiß, was geschehen kann, so laſſen Sie die Kanonen laden und die Waffen auf das Verdeck bringen; wieviel Leute haben wir am Bord?"

„Fünfundſiebzig, Capitain, da fünfzehn mit der Schaluppe und dem großen Boot an's Land gegangen ſind."

„Ganz recht. Sagen Sie doch, Don Marcos, wiſſen Sie, wie hoch ſich die Mannſchaft der Erlöſung beläuft?"

„Hundertundſechszig Mann, Capitain."

„Das iſt nur das Doppelte. Die Sache kann ſich machen. Sie bleiben am Bord?"

„Gewiß, wenn Sie es wünſchen."

„Es iſt mir gerade recht. Wie viel Leute haben Sie mitgebracht?"

„Fünfzehn, die tapfer sind wie Dämone."

„Das ist gerade die Zahl der Matrosen, welche ich an's Land geschickt habe. Nun, es stimmt Alles auf's Beste. Meister Hoursot, wenn alle Barren an Bord sind, werden Sie die Schaluppe von Don Marcos am Hintertheil des Schiffes befestigen. So, das ist abgemacht. Schiffsjunge, bringe die Flasche; ein wenig Branntwein wird uns gut thun. Meister Hoursot, Sie werden das Uebrige an die Mann= schaft vertheilen lassen, das wird sie munter machen."

Diese verschiedenen Befehle, welche der Capitain mit der ihm eigenen Zungengeläufigkeit ertheilte, wurden pünctlich ausgeführt.

„Ich fürchte nur," begann der Capitain wieder, „daß die Brise sich zu spät erheben könnte; mit gutem Wind mache ich mich anheischig, meinem liebenswürdigen Collegen, dem Capitain Ortega, eine Belustigung zu verschaffen."

„In dieser Beziehung dürfen Sie unbesorgt sein, Capitain Guichard," antwortete Don Marcos, und wies mit der Hand nach der Seite des Petatlan. „Sehen Sie diese Wolkenkrone um den Gipfel des Berges; bevor eine Stunde vergeht, werden Sie einen so heftigen Sturmwind haben, wie Sie sich ihn nur wünschen können."

„Gott erhöre Sie! mein Freund," meinte der Capitain; „dann wird Alles gut gehen, ich bin nur besorgt um meine armen Matrosen, die am Lande sind; aber ich werde ein Mittel ausfindig zu machen suchen, sie wieder an Bord zu nehmen."

Die Goelette hatte plötzlich ein kriegerisches Aussehen angenommen; Säbel, Pistolen, Flinten, Beile und Lanzen waren am Fuße der Masten aufgehäuft worden; die Matrosen eilten mit ungewöhnlicher Regsamkeit hierhin und dorthin. Die tapfern Leute kannten ihren Chef seit langer Zeit: sie wußten, daß diese Vorbereitungen nicht gemacht waren, um sie nur zu zeigen, sondern daß sie bald mit dem schmucken Schiff, welches so langsam auf sie zukam, handgemein werden würden.

Wie alle Gallier war der Capitain Guichard leicht streitsüchtig; der Geruch des Pulvers versetzte ihn in einen angenehmen Rausch, und sobald er zum Schießen Gelegenheit fand, hütete er sich wohl, dieselbe entschlüpfen zu lassen, aus Furcht, zu lange warten zu müssen, bis sich wieder eine neue böte.

Diesmal hatte der Capitain außer seiner streitsüchtigen und neckischen Laune noch einen ernsteren Grund, mit der Erlösung handgemein zu werden. Der Capitain Ortega, welcher von der mexikanischen Regierung beauftragt war, die Küsten zu überwachen, um dem Schmuggelhandel Einhalt zu thun, war oft mit der keuschen Susanne in Unfrieden gerathen, indem er deren Handel auf jede mögliche Weise zu hindern suchte und ihr dadurch ernste Verlegenheiten und selbst bedeutende Verluste zuzog.

7 *

Indessen bis zu dem Tage, zu welchem wir jetzt gekommen sind, hatten sich die Erlösung und die keusche Susanne niemals so nahe bei einander befunden. Wie in Folge eines stillschweigenden Uebereinkommens schienen die beiden Schiffe immer einen Conflict vermieden zu haben, dessen Folgen sehr ernst werden konnten; sie hatten sich vielmehr bestrebt, einander auszuweichen, und sich bei ihren verschiedenen Begegnungen auf der Küste mit leichten Scharmützeln zu Lande oder Schiff gegen Schiff, begnügt.

Dieses Mal war der Capitain Guichard entschlossen, mit diesem unbequemen Wächter zu Ende zu kommen, der ihn hartnäckig daran hinderte, daß er sich seinem Handel friedlich hingeben konnte.

Indessen der Haß oder vielmehr die Rivalität, welche zwischen ihm und dem Capitain Ortega bestand, hinderte den Franzosen nicht, die Eigenschaften der Erlösung anzuerkennen; im Gegentheil, er ließ ihr vollständige Gerechtigkeit widerfahren und bewunderte sie mit jener naiven Freimüthigkeit des Seemanns gegenüber einem Schiffe, welches die gewöhnliche Linie übersteigt.

„Was für ein schmuckes Schiff ist diese Goelette!“ sagte er zu Don Marcos. „Sie würde mir gefallen. Wie fein, zierlich und schlang sie ist. Sie ist in Bordeaux gebaut; das erkennt man sogleich. Es giebt nur Bordeaux, Marseille und Nantes, um

solche Rümpfe zu verfertigen, wie dieser da. Welcher
Unterschied mit diesen und den schwerfälligen eng=
lischen oder holländischen Schiffen! Die keusche
Susanne ist mir sehr lieb; aber wahrhaftig!
wenn ich jemals die Erlösung in meine Hände
bekomme, müßte Der sehr schlau sein, der mir sie
wieder nehmen wollte."

Don Marcos und Don Albino hörten lächelnd
diese Worte mit an, welche der würdige Capitain
mehr zu sich selbst sprach, als an seine Gäste richtete,
und in denen er unbewußt, — wie das immer ge=
schieht, wenn man sich einem lauten Denken über=
läßt, — seine Pläne enthüllte, für den Fall eines
leider wahrscheinlichen Conflicts mit der Erlösung.

Allmählich erhob sich der Wind; die Segel der
mexikanischen Goelette blähten sich leicht auf, ihr
Lauf wurde schneller, sie begann sich merklich dem
Schmugglerschiff zu nähern.

Plötzlich stieg die Sonne über den Horizont
empor; in demselben Augenblick hißte die Goelette
die mexikanischen Farben an seinem Gabel auf und
unterstützte dieselben durch einen Kanonenschuß.

„Ei!" meinte der Capitain Guichard; „sie ent=
schließt sich, uns ihren Namen zu nennen."

„Welche Farben müssen wir aufziehen, Capi=
tain?" fragte Meister Hourfot.

„Die französische Flagge, bei Gott!" rief der
Capitain aus. „Zeigen Sie diesen Dienern des

Teufels, daß wir sie nicht fürchten, und unterstützen
Sie die Farben mit einem Kanonenschuß, damit
sie sehen, daß wir Pulver am Bord haben."

Fast augenblicklich wurde eine breite dreifarbige
Flagge auf das Gabel der Goelette gehißt, während
zu gleicher Zeit ein Kanonenschuß dumpf über die
Wogen dröhnte.

Die Herausforderung war angenommen.

Die Erlösung näherte sich immer mehr; die
keusche Susanne blieb ruhig liegen; die Matrosen schifften sorglos die letzten Plata-pinna-
Barren ein, ohne auch nur einen gleichgültigen
Blick auf das Schiff zu werfen, welches so kühn
herbei segelte, um ihre Handelsoperationen zu
stören.

Es verfloß eine Viertelstunde, in welcher keine
bemerkenswerthe Veränderung in der gegenseitigen
Stellung der beiden Schiffe vorging; die mexikanische Goelette trieb leewärts und strich die
Segel.

Die beiden Schiffe blieben in Schußweite von
einander unbeweglich liegen; nur der Capitain
Guichard legte sich ein wenig auf die Steuerbord-
seite, um sich den Kugeln des Feindes so wenig
als möglich auszusetzen, wenn dieser Lust haben
sollte die Feindseligkeiten ohne vorhergehende Be-
nachrichtung zu beginnen.

Aus der Wendung des mexikanischen Schiffes

ließ sich leicht erkennen, daß, wenn im letzten
Augenblick seinem Capitain nicht gänzlich der Muth
entsunken war, sich seiner dennoch eine plötzliche
Unschlüsigkeit bemächtigt hatte bei der stolzen
Gleichgültigkeit seines Gegners.

Die Schmuggler folgten mit spöttischer Miene
den Bewegungen des Kreuzers.

Plötzlich schien dieser einen Entschluß zu fassen:
es wurde ein Boot herabgelassen und mehre
Männer stiegen hinein, die mit Säbeln und Flinten
bewaffnet waren.

Das Boot wurde vom Bord des Schiffes los=
gemacht und steuerte auf die keusche Susanne
zu.

Der Capitain richtete sein Fernrohr auf dieses
Boot, lächelte und sagte, zu seinem Lieutenant
gewandt, indem er mit der linken Hand den Tubus
wieder hineinstieß:

„Meister Hourfot, decken Sie die am Fuße der
Masten befindlichen Waffen mit Segeltüchern zu,
die Mexikaner brauchen nicht zu wissen, daß wir
auf unsrer Huth sind; ein Mann soll sich bereit
halten, den Besuchern ein Tau zuzuwerfen." -

Nachdem der Capitain diese Befehle ertheilt
hatte, begab er sich auf das Hindertheil des
Schiffes.

„Der Teufel hole mich, wenn sie keine Narren
sind," sagte er zu Don Marcos. „Wissen Sie,

wer die Personen sind, die an unsern Bord kommen?"

„Ich gestehe Ihnen, daß ich sie nicht erkannt habe," antwortete dieser.

„Kein Andrer als der edle Capitain Ortega und sein würdiger Helfershelfer Don Remigo Baldez, der Administrator des Zollamtes."

„Nicht möglich!" rief Don Marcos.

„Es ist die Wahrheit, Sie werden sehen. Ohe!" rief er dem Lieutenant zu; „Sie werden nur die Offiziere an Bord steigen lassen, hören Sie, Meister Hoursot?"

„Gewiß, Capitain," antwortete der alte See= mann.

Der Franzose blickte über das Barkholz.

„Sie werden anlegen," sagte er, „steigen Sie in das Zwischendeck hinab, meine Herren; es ist für jetzt unnöthig, daß man Sie sieht. Lassen Sie mich unsere Besucher empfangen; sobald es Zeit sein wird, zu erscheinen, werde ich Sie be= nachrichtigen."

Don Marcos und Don Albino machten keine Einwendungen gegen diesen Entschluß, dessen Richtigkeit sie erkannten, und nachdem sie dem Capitain die Hand gedrückt, gingen sie hinunter in die Wohnung der Matrosen, wo die anderen mexikanischen Schmuggler bereits versammelt waren.

Es blieb auf dem Verdeck nur der Capitain
zurück und die Hälfte der Mannschaften der Goe=
lette.

Die Seeleute schienen sehr beschäftigt im Takel=
werk, wo sie mit der friedlichsten Miene arbeiteten,
die sie annehmen konnten.

Das mexikanische Fahrzeug legte endlich an
dem Coupé des Steuerbords an.

Es war ein großes Boot, das im Vordertheil
einen Steinmörser trug; seine Bemannung bestand
aus zwölf Mann, welche die Ruder handhabten,
und mit Säbel und Flinte bewaffnet waren.

Zwei Personen in Uniform saßen in der Cajüte
des Hintertheils.

Als Meister Hoursot sah, daß das Boot im
Begriff war, an Bord anzulegen, neigte er sich
über das Coupé.

„Sennores,“ sagte er, „ich habe Ordre, nur
die Offiziere, welche am Bord sind, heraufsteigen
zu lassen.“

Eine der beiden Personen, von denen wir
gesprochen haben, ein großer, hagerer Mann mit
knochigen Gesichtszügen und schielendem Blicke,
sprach einige leise Worte mit seinen Matrosen und
wandte sich darauf zu dem Lieutenant.

„Es ist gut, mein Herr,“ sagte er auf Fran=
zösisch zu ihm, „es werden nur die Offiziere
hinaufsteigen.“

Meister Hourſot ließ die Fallreeps hinab, ohne
eine Antwort zu geben; die beiden Offiziere ſtiegen
die Treppe hinauf und befanden ſich in wenigen
Secunden auf dem Verdeck.

„Ich wünſche den Commandanten dieſes Schiffes
zu ſprechen;" ſagte der Offizier, welcher ſchon
einmal das Wort geführt hatte, und der kein
Andrer als Capitain Ortega war.

„Der Commandant iſt in ſeinem Roof," antwortete Meiſter Hourſot; „ich werde die Ehre
haben, Sie zu ihm zu führen."

Der Capitain Ortega ließ einen forſchenden
Blick über das Verdeck gleiten, ohne etwas Ver-
dächtiges zu bemerken, ſo gut waren die Vorſichtsmaßregeln der Schmuggler getroffen.

„Laſſen Sie uns gehen," ſagte er.

„Wen ſoll ich melden?" fragte Meiſter Hourſot
unerſchütterlich.

„Melden Sie den Capitain Ortega, Com-
mandant der Erlöſung, Goelette der mexikaniſchen
Conföderation, und den Sennor Don Remigo
Valdez, Adminiſtrator des Zollamtes."

———————

VII.

Der Capitain Guichard.

————·

Der Capitain Guichard hatte die wenigen Minuten, über welche er verfügen konnte, benutzt: als die Mexikaner, durch Meister Hourſot angemeldet, in die Cabine traten, fanden Sie ihn über eine vor ihm ausgebreitete Karte geneigt und ſcheinbar ſehr beſchäftigt, ſie zu ſtudiren.

Bei der Meldung, die ihm gemacht wurde, richtete er ſich raſch auf, und verneigte ſich mit lächelnder Miene vor den beiden Offizieren.

„Seien Sie mir willkommen, meine Herren,“ ſagte er; „welchem glücklichen Umſtand verdanke ich Ihren angenehmen Beſuch?“

Die Mexikaner tauſchten einen Blick der Ueberraſchung aus, ſie begriffen dieſen herzlichen Empfang nicht.

„Mein Herr,“ antwortete der Capitain Ortega, „es ſcheint mir, daß mein Name und der dieſes

Herrn Sie über die Motive hätte aufklären müssen, die uns hierherführen."

„Nicht im Geringsten, meine Herren, ich versichere Ihnen," erwiderte der Marseillaise, immer höflicher werdend. „Aber wollen Sie sich nicht niederlassen, man wird Ihnen Erfrischungen bringen," fügte er hinzu, indem er auf eine Glocke schlug.

Meister Hourfot erschien; der Capitain Guichard sagte ihm einige Worte in provençalischer Sprache, welche die Mexikaner zu ihrem großen Verdruß nicht verstanden.

„Verzeihen Sie, Capitain," sagte Don Remigo, ein kleiner dicker Mann, mit Ausschlag im Gesicht, „ich glaube, daß wir uns nicht verstehen."

„Warum dies, mein Herr?" fragte ihn der Marseillaise, indem er ruhig seine Karte zusammenrollte.

„Weil Sie uns für Freunde anzusehen scheinen, die Ihnen einen Besuch machen," antwortete der Administrator des Zollamtes.

„Sollten Sie etwa Feinde sein?" entgegnete lachend der Capitain.

„Ein Schiffsjunge hatte Gläser und Flaschen herbeigebracht.

Der Franzose füllte ruhig die Gläser.

„Ich empfehle Ihnen diesen alten echten Cognac, meine Herren," sagte er. „Ich habe die Ehre, auf Ihre Gesundheit zu trinken."

„Enden wir, mein Herr," sprach der Capitain Ortega, indem er das Glas zurückstieß, welches der Marseillaise ihm anbot, „wir sind nicht hierhergekommen, um Höflichkeiten auszutauschen."

„Und warum sind Sie denn gekommen, wenn's beliebt, meine Herren?" fragte der Capitain, indem er sich stolz emporrichtete.

„Wir sind gekommen, um Ihr Schiff zu durchsuchen."

„Mein Schiff zu durchsuchen!" lachte der Marseillaise; „gehen Sie, Sie scherzen, lassen Sie uns trinken, meine Herren."

„Capitain Guichard," sagte der mexikanische Offizier in schroffem Tone, „Sie versuchen vergeblich, uns zu täuschen, Sie sind ein Schmuggler, Sie haben nicht allein heute Nacht Schmuggelwaaren erhalten, sondern auch ausgeschifft."

„Sie glauben, Commandant?" meinte er in scherzendem Tone.

„Unsere Nachrichten sind sicher, Sie brauchen sich nicht mehr zu verstellen; eine Schmugglerschaluppe, deren Mannschaft sich noch an Ihrem Bord befindet, ist am Hintertheile Ihres Schiffes befestigt, Sie sind auf frischer That ertappt."

Der Capitain Guichard schlürfte langsam sein Glaß Cognac, ohne eine andere Bewegung zu machen.

„Sie haben Unrecht, diesen Cognac aus-

zuschlagen," sagte er, „er ist auf Ehre vor=
trefflich."

Der mexikanische Offizier stampfte zornig mit
dem Fuße.

„Ah!" rief er aus, indem er die Fäuste fest
zusammenballte, „Sie machen sich über uns lustig!"

„Wahrhaftig, Sie haben lange Zeit gebraucht,
um dies zu bemerken," antwortete Jener lachend.

Es war eine schroffe Antwort. Der Capitain
Ortega erhielt sie gerade in's Gesicht; er schäumte
vor Wuth.

„Capitain!" rief er aus und legte die Hand
an seinen Degen, „ich erkläre Ihr Schiff für recht=
mäßige Beute."

„Versuchen Sie das!" lachte der Capitain.
„Also ganz ex abrupto wollen Sie mich gefangen
nehmen?"

„Ja, mein Herr," antwortete der Comman=
dant mit einer tragischen Geberde.

„Mein Gott, was diese Mexikaner für Prahler
sind!" sagte der Capitain, indem er mit mitleidiger
Miene die Achseln zuckte. „Wissen Sie, wer in
diesem Augenblick gefangen ist, edler Commandant?
Sie und jener Herr, die Sie einfältig genug waren,
in die Falle zu gehen, welche ich für Sie aufgestellt
hatte. Wissen Sie denn nicht, daß zwischen
Frankreich und Mexiko der Krieg erklärt ist? Es
giebt hier keine Schmuggler mehr, Sie sind auf

einem französischen Schiffe, dessen Capitain Sie
nicht allein zum Gefangenen macht, sondern der
noch, ehe eine Viertelstunde vergeht, Herr Ihres
Schiffes sein wird. Glauben Sie mich durch Ihre
Prahlerei zu erschrecken? Bei Gott!" setzte er
mit furchtbarer Stimme hinzu, „wenn die Erlö=
sung nicht in einer Viertelstunde übergeben ist,
so werden Sie kriegsrechtlich gehenkt, meine Herren,
das schwöre ich auf meine Ehre. Zu mir, Ihr
Anderen!"

Die Thür der Cabine wurde aufgerissen, und
bevor die mexikanischen Offiziere Zeit hatten, sich
zu besinnen, waren sie entwaffnet und auf das
Verdeck geschleppt.

Die keusche Susanne war unter Segel, sie
hatte die Erlösung, welche noch immer aufgebraßt
lag, und deren Mannschaft ziemlich erstaunt über
das sonderbare Benehmen des französischen Schiffes
sein mußte, weit hinter sich gelassen.

Die mexikanische Schaluppe, dessen Taue unver=
merkt lockergelassen worden waren, wurde durch die
Goelette in's Schlepptau genommen.

Ein Blick genügte dem Commandanten Ortega,
um zu erkennen, in welcher üblen Lage er sich
befand.

Don Remigo Valdez dagegen, der von Natur
sehr wenig tapfer war, zitterte an allen Gliedern,
und glaubte sich schon mehr als halb gehenkt.

Der Capitain Ortega blieb gefaßter, obwohl er innerlich sehr erschreckt war und sich fragte, wie er aus dieser schlimmen Lage sich herauswinden sollte.

Wir müssen hier in wenigen Worten erklären, wie es kam, daß der Capitain Ortega gewagt hatte, sich an Bord eines französischen Schiffes zu begeben und sich den Händen eines Mannes zu überliefern, dessen Charakter er vollkommen kannte, und den er fähig mußte, es in Betreff seiner Person bis auf's Aeußerste zu treiben.

Das Geheimniß der Expedition der Schmuggler war durch einen Verräther an Don Remigo Baldez: wohl verstanden, vermittelst Geld — verkauft worden.

Der Administrator des Zollamtes hatte sich sogleich mit dem Capitain Ortega verständigt, sich nicht allein der von dem französischen Fahrzeug eingeschifften Waaren zu bemächtigen, sondern auch das Schiff zu nehmen, und die Küsten Mexico's von dem kühnen Schmuggler zu befreien, der sie seit so langer Zeit ausbeutete.

Demzufolge war auf der Stelle, wo die Franzosen ihre Ausschiffung bewirken sollten, ein Hinterhalt gelegt worden, und gerade in dem Augenblicke, wo ihr Schiff landete, war es plötzlich von Zollbeamten überfallen und seine ganze Mannschaft ohne einen Schwertstreich zu Gefangenen gemacht worden. Der Angriff war so plötzlich, daß die

Franzosen, so unvermuthet überrascht, nicht Zeit gehabt hatten, ihre Waffen zu ergreifen.

Nach der zwischen dem Capitain Guichard und seinen Committenten vorhergegangenen Uebereinkunft, war der Erstere für die Waaren verantwortlich, welche er einzuschmuggeln übernahm. Nun aber ruinirte ihn die Wiedererstattung der von den Zollbeamten fortgenommenen Waaren vollständig; außerdem hatten diese fünfzehn Geißeln in den Händen, um für die Behandlung zu bürgen, welche gegen den Capitain Ortega oder Don Remigo Valdez eingeschlagen würde, für den Fall, wo der Capitain Guichard sich weigern sollte, sein Schiff zu übergeben, und die mexikanischen Offiziere an seinen Bord zurückhalten würde.

Die Maßregeln des Commandanten waren also sehr geschickt getroffen, und so kühn sein Verfahren auch war, so hatte es dennoch nichts Vermessenes.

Auf der andern Seite war der Capitain Guichard, troz der Sicherheit, die er zur Schau trug, weit entfernt, in Betreff seines Schiffes und dessen Ladung, ruhig zu sein; auch war er entschlossen, obgleich er sich sehr zornig stellte, die Sachen nicht auf's Aeußerste zu treiben.

Die Situation war also durchaus nicht verzweifelt für die beiden mexikanischen Offiziere; es handelte sich nur einfach darum, sich zu verständigen.

Allein die Wahrheit ist, daß wenn Capitain

Ortega geahnt hätte, daß er es mit einem so ent-
schlossenen Manne wie der tapfere Marseillaise
war, zu thun hätte, er sich wohl gehütet haben
würde, sich so toller Weise an seinen Bord zu
begeben.

„Die Mannschaft auf Deck!" befahl der
Capitain Guichard. „Wir wollen das Schiff
wenden. Meister Hoursot, lassen Sie zwei Hiß-
taue bereit legen."

Dieser letzte, so kalt ertheilte Befehl verursachte den Gefangenen einen Schreckensschauder.

Diese Refftaue waren offenbar bestimmt, sie
in die Ewigkeit zu befördern.

Der Capitain Ortega trat einige Schritt vor,
um sich dem Marseillaisen zu nähern.

„Sie wollen das Schiff wenden, Capitain?"
sagte er zu ihm in einschmeichelndem Tone.

„Ja," versetzte dieser scherzend, „ist Ihnen dies
ungelegen?"

„Keineswegs, Capitain."

„Ich wünsche mich der Erlösung wieder zu
nähern, die ich zu weit hinter uns gelassen habe,
obwohl sie bestimmt ist, uns zu folgen."

„Nach Ihrem Gefallen, Capitain; allein bevor Sie dieses Verfahren ausführen lassen,
wünsche ich einige Worte mit Ihnen zu sprechen."

„Darauf soll es nicht ankommen, lieber Herr;
sprechen Sie, ich höre."

„Verzeihen Sie, aber es scheint mir, daß wir dies besser in Ihrer Cabine als hier thun könnten."

„Ah! wollen Sie vielleicht beichten?" meinte er mit grobem Lachen.

Dieser brutale Scherz versetzte den armen Administrator in ein nervöses Zittern; der Offizier blieb unbewegt.

„Vielleicht," antwortete er mit einem feinen Lächeln.

Der Capitain schien zu überlegen.

„Kommen Sie," sagte er endlich.

Und indem er von seiner Quartbank stieg, schritt er auf die Cabine zu, wohin seine Gefangenen ihm folgten.

„Setzen Sie sich und plaudern wir," sprach er, und schloß die Thür hinter sich; „was haben Sie mir zu sagen?"

„Ich habe Ihnen einen Vorschlag zu machen, Capitain," antwortete der Mexikaner gerade heraus.

„Ah! Ah!" meinte der Capitain, „einen Vorschlag; es müßte ein sehr guter sein, wenn ich ihn annehmen soll. Doch einerlei, lassen Sie hören; aber vor Allem, trinken Sie einen Schluck, nichts verursacht solchen Durst, als das Sprechen; sind Sie nicht dieser Meinung?"

„Vollkommen," erwiderte der Offizier, indem er sein Glas hinreichte, welches der Franzose bis an den Rand füllte.

„Jetzt, lassen Sie hören," sagte der Capitain.

„Sennor Guichard," begann der Mexikaner wieder, „lassen Sie mich vor Allem Ihnen meine aufrichtigen Entschuldigungen aussprechen. Ich kannte Sie nicht; ich sehe jetzt, daß Sie wirklich ein Mann von Charakter und Entschlossenheit sind.

„Ja, ja," antwortete er lächelnd, „ich habe diesen Ruf auf der Küste; ich bitte, gehen wir darüber hinweg und kommen wir zur Sache."

„Die Sache ist folgende: welches Lösegeld fordern Sie, wenn Sie uns die Freiheit wieder= geben?" sagte er dreist.

„Hm!" entgegnete der Capitain, indem er sich hinter dem Ohr kratzte, „ich gestehe Ihnen, daß ich durchaus nicht die Nothwendigkeit einsehe, Ihnen die Freiheit wiederzugeben; ich ziehe vor, Sie zu behalten; Sie haben mich in der letzten Zeit sehr gequält, lieber Herr."

„Mein Gott! dies kommt daher, daß wir uns nicht kannten, und uns nicht verständigt haben, wissen Sie . . . ."

„Ich weiß, ich weiß," unterbrach er ihn; „aber warum auch, zum Teufel, sind Sie so anmaßend, Das, was einmal ist, ändern zu wollen?"

„Ich habe durchaus nicht diese Absicht," be= hauptete lebhaft der Offizier.

„Sie sind jedoch sehr dabei betheiligt; es scheint mir indessen, daß zehn Procent vom Hundert, welche ich Ihnen anbiete, eine ganz hübsche Summe ausmachen, und daß Sie sich damit begnügen sollten.''

„Gewiß, das ist in der That hübsch; Don Remigo hatte mir fünf gesagt, und Sie werden zugeben müssen . . . . .''

„Oh! Don Remigo,'' rief der Capitain aus, „täuschen Sie so Ihren Verbündeten?''

„Aber . . .'' stammelte der Administrator.

„Schweigen Sie, mein Herr,'' sagte rauh der Offizier, „Ihr Benehmen ist unwürdig!''

Der arme Administrator senkte demütig den Kopf unter dem zornigen Blick des Offiziers. Dieser fuhr fort:

„Versuchen wir, uns zu verständigen; ich werde Ihnen Ihre Leute und Ihre Waaren, die ich Ihnen genommen habe, wieder zurückgeben.''

„Ah! ah!'' versetzte der Capitain, und biß sich ärgerlich auf die Lippen, „Sie haben mein Fahr= zeug weggenommen?''

„Mein Gott, ja,'' entgegnete der Offizier ein= fach.

„Und dann?'' fragte der Capitain.

„Wie! und dann?'' rief Jener mit einem gut gespielten Erstaunen.

„Ja, dieses Lösegeld scheint mir ziemlich mager

zu sein, und dann ist noch jenes für die Goelette zu bestimmen."

„Oh! oh! sie ist noch nicht genommen."

„Nein, aber sie wird es noch vor einer Stunde sein."

Dies wurde in einen so harten, abweisenden Tone gesprochen, daß er jede weitere Bemerkung abschnitt.

Der Capitain erhob sich.

„Geben wir zu, daß Sie die Goelette nehmen," begann der Offizier wieder.

„Ich werde sie nehmen," entgegnete er bestimmt.

„Es sei. Sie werden sie nehmen, was wollen Sie?"

„Hören Sie," sagte der Capitain, indem er sich wiedersetzte, „Geschäfte sind Geschäfte, nicht wahr! Ich bin Kaufmann, nichts Anderes; ich wünsche nichts mehr, als mich mit Ihnen zu verständigen; meine Bedingungen werden nicht hart sein, allein sie sind entweder anzunehmen oder zurückzuweisen; ich lasse keine Discussion über diesen Gefangenen zu.

„Lassen Sie dieselben hören," sagten die beiden Gefangenen mit beginnender Hoffnung.

„Es sind folgende: Vor Allem werden Sie mir mein Fahrzeug, meine Leute und meine Waaren zurückgeben."

„Zugegeben," erwiderten sie.

„Für dieses Mal werden die Waaren frei an's Land gesetzt werden."

„Angenommen."

„Jedes Mal, wenn ich auf dieser Küste Waaren ein= oder ausschiffe, werde ich Ihnen eine bestimmte Abgabe von sieben Procent für das Hundert zahlen, welche Sie unter sich theilen mögen."

„Sie hatten zehn gesagt."

„Es ist möglich, aber jetzt will ich nicht mehr als sieben geben."

„Es sei; wir nehmen auch dies an."

„Hier ist Papier, Feder und Tinte; Sie werden mir nach gehaltener Sitzung einen doppelten Contract ausstellen, in welchem alle diese Bedingungen detaillirt und von Ihnen Beiden unterzeichnet sein müssen."

„Wozu soll dieses Papier dienen?"

„Um Sie henken zu lassen, wenn Sie eines Tages die Anwandlung haben sollten, mir einen schlechten Streich zu spielen," sagte er grob.

„Oh! welcher Gedanke!" riefen sie aus.

„Nehmen Sie an?"

„Wir nehmen an."

„Wohlan, so schreiben Sie."

Sie machten sich sogleich an's Werk; sobald sie geendet hatten, las der Capitain aufmerksam den Contract durch, und erwog sorgfältig die Ausdrücke desselben, dann faltete er die beiden

Papiere zusammen und steckte sie in seine Tasche.

„Ist dies Alles?" fragte der Capitain Ortega.

„Noch nicht," erwiderte er, „es bleibt mir noch übrig, den Namen des Mannes zu erfahren, der uns verkauft hat."

„Das ist Don Remigo's Sache."

„Er heißt Don Stefano Lobo," gab der Zoll= verwalter mit erloschener Stimme zur Antwort.

„Dank, meine Herren, Sie sind frei, das heißt: Sie werden sogleich an's Land steigen und einer Vertrauensperson, die Sie begleiten wird, mein Fahrzeug übergeben."

„Und wer ist diese Person?" fragte der Offizier.

„Sie kennen dieselbe," entgegnete der Capitain mit pfiffiger Miene, indem er auf eine Glocke schlug, „es ist Don Marcos."

Der Capitain Ortega wurde bleich wie eine Leiche; er war gezwungen, sich gegen die Wand der Cabine zu stützen, um nicht umzufallen, aber er faßte sich sogleich wieder.

„Es sei," sagte er mit dumpfer Stimme.

Meister Hoursot trat ein.

„Geben Sie diesen Herren ihre Degen zurück; sie sind frei. Legen Sie das Boot der Mexikaner an und lassen Sie sie einschiffen. Meine Herren, ich lasse Sie einige Augenblicke allein."

Er verließ die Cabine und befahl einem Schiffs-
jungen, Don Marcos zu rufen.

Dieser erschien sogleich.

Der Capitain theilte ihm in wenigen Worten
mit, was zwischen ihm und seinen beiden Gefangenen
vorgegangen war, und übergab ihm den einen der
beiden Verträge.

„Da ist Ihr Geleitbrief," setzte er hinzu;
„Handeln Sie, wie Sie es für angemessen halten.
Ich habe mein Bestes gethan, das Uebrige geht
Sie an."

„Haben Sie Dank," antwortete Don Marcos
bewegt, „haben Sie Dank; es ist mehr als das
Leben, was Sie mir in diesem Augenblicke geben,
es ist die Rache."

„Seien Sie vorsichtig, mein Freund, bedenken
Sie, daß ich nicht mehr da sein werde, um Ihnen
zu Hülfe zu kommen."

Don Marcos nahm ihn bei Seite, und sie
sprachen einige Minuten lebhaft und leise mit einander.

„Gut, es mag sein," sagte endlich der Capitain
„da Sie es fordern."

„Ich bitte Sie darum, mein Freund," antwortete
Don Marcos.

„Es ist abgemacht."

„Capitain," sagte Meister Hourfot, welcher sich
genähert hatte, „es ist Alles bereit."

„Streicht die Segel und gebt dem Boot der Goelette ein Zeichen anzulegen; Sie mein Freund," setzte er zu Don Marcos gewendet hinzu, „steigen Sie in Ihr Fahrzeug und auf Wiedersehen; in wenigen Augenblicken werde ich Ihnen meine Ex-Gefangenen schicken. He! he!" meinte er und rieb sich die Hände, „ich glaube, daß wir sie dieses Mal in unsrer Gewalt haben."

Und nachdem er nochmals seinem Freunde die Hand gedrückt hatte, kehrte er in die Cabine zurück.

„Meine Herren," wandte er sich an die Mexikaner, „wenn Sie geneigt sind, das Schiff zu verlassen, — man erwartet Ihr Belieben."

„Wohlan, mein lieber Capitain, wir sind bereit," antwortete der Commandant.

„Ich habe Befehl gegeben, Ihr Boot anlegen zu lassen, da ich vermuthete, daß Sie Ihrer Mannschaft gewisse Weisungen zu geben haben würden."

„Ich danke Ihnen, Capitain; ich habe in der That einige Ordres zu ertheilen."

So plaudernd, waren sie auf das Verdeck gekommen.

Der Capitain neigte sich hinaus.

„Hier ist das Boot, es legt an," sagte er. „Meister Hourfot, lassen Sie den Patron heraufsteigen, der Commandant wünscht ihn zu sprechen."

Der Capitain Ortega biß sich auf die Lippen, er fühlte sich durchschaut; wider Willen war er gezwungen, offen zu handeln; der Marseillaise schien seine geheimsten Gedanken errathen zu haben.

Auf einen Wink Meister Hoursot's war der Patron an Bord gestiegen.

„Lopez," sagte sein Commandant zu ihm, „kehren Sie auf die Goelette zurück; ein dringendes Geschäft nöthigt mich, an's Land zu gehen; der Capitain Guichard leiht mir ein Boot, ich bedarf daher Ihrer nicht. Sie werden dem Lieutenant sagen, daß er sogleich das Schiff wenden und sich auf die Rhede von Siguantanejo begeben soll; er kann in zwei Stunden dort sein; heute Abend werden Sie mich mit Sonnenuntergang am Lande abholen. Haben Sie mich verstanden?"

„Ja, Commandant," erwiderte der Patron.

„Es ist gut! Sie können aufbrechen."

Der Patron grüßte und stieg wieder in sein Boot hinab, welches sogleich vom Bord losgemacht wurde und die Richtung auf die Erlösung nahm.

„Nun, mein lieber Commandant," sagte der Capitain, „wollen Sie so gut sein, sich an das Backbord zu begeben und der Herr Zolladministrator ebenfalls, das Boot ist zu Ihrer Aufnahme bereit."

„Leben Sie wohl, mein lieber Capitain, ich werde mich Ihrer angenehmen Gastfreundschaft erinnern," sagte der mexikanische Offizier mit einem bittern Lächeln.

„Auf Wiederſehen und ohne Groll, mein lieber
Commandant; ich hoffe, daß künftig keine Wolke
mehr zwiſchen uns treten wird und daß unſere Be=
ziehungen immer gut ſein werden.“

Nach dieſem ſpöttiſchen Lebewohl trennten ſich
die drei Männer.

Die beiden Offiziere ſtiegen in das Schmuggler=
boot, welches ſogleich ſein Tau ſchießen ließ und
aus allen Kräften auf das Land zuruderte.

Die Goelette richtete ihre Segel nach dem Winde
und ſtach in See; bald erſchien ſie nur noch als
ein unmerklicher Punkt am Horizont.

Don Remigo Valdez und der Capitain Ortega
hatten ſich ſtillſchweigend im Hintertheil des Bootes
niedergeſetzt, während der ganzen Ueberfahrt, welche
länger als drei Stunden dauerte, ſprachen ſie nicht
ein Wort.

Die Schmuggler ſangen, um nach dem Tacte
zu rudern.

VIII.

Der Besuch.

Marcela hatte unsichtbar der Abreise von Don
Marcos und Don Albino zu ihrer nächtlichen
Expedition beigewohnt. Die arme Kleine fühlte
ihr Herz vor Schrecken in ihrer Brust erbeben, als
sie Den, welchen sie so zärtlich liebte, mit dem Manne
davon reiten sah, gegen welchen sie einen instinct=
mäßigen Widerwillen empfand, und den sie, unge=
achtet der Sorgfalt, mit der er sie umgab, und der
achtungsvollen und ergebenen Freundschaft, welche
er ihr unaufhörlich bewies, als einen Feind be=
trachtete, der um so mehr zu fürchten war, als er
unter dem verführerischsten Aeußern den Haß ver=
barg, von dem er, wie sie vermuthete, gegen sie
erfüllt war.

Wenn Don Marcos in dem Hause in ihrer
Nähe weilte, und ihre Blicke sich auf sein bleiches
und schönes Gesicht richteten, wenn die ernsten Töne
seiner wohlklingenden Stimme an ihr Ohr schlugen,

fühlte sie, wie der Zweifel in ihr Herz einzog. Sie überraschte sich bei der Frage, ob dieser dem Anscheine nach so edle und treuherzige Mann, dessen Benehmen gegen sie sich immer gleich geblieben war, welcher endlich ihr als Vater gedient und sie mit so vieler Selbstverleugnung und wahrer Zärtlichkeit erzogen hatte, wirklich der Mörder ihres Vaters sei und nicht im Gegentheil das unschuldige Opfer einer gehässigen Verläumbung.

Aber sobald sie allein war und nicht mehr dem unwiderstehlichen Einflusse unterlag, den dieser seltsame Mann über sie ausübte, fühlte sie massenweise, und stärker als zuvor, alle ihre Verdachtsgründe wiederkehren. Sie erinnerte sich, daß sie die ersten Aufklärungen dieser entsetzlichen Katastrophe von einem ergebenen Freunde ihres unglücklichen Vaters erhalten hatte, welcher dabei keinen anderen Zweck hatte, als sie aufmerksam zu machen, auf ihrer Huth zu sein. Damals erschreckte sie Don Marcos und sie bat den Himmel, sie von diesem Ungeheuer zu befreien, als dessen Opfer sie sich betrachtete.

Die ganze Nacht verfloß für das junge Mädchen in einer fieberhaften Aufregung, ganz bevölkert von Fantomen und düstern Visionen; mit nervösem Beben lauschte sie auf die unheimlichen Klagetöne des Windes, der pfeifend durch die Zweige der Bäume fuhr und auf das dumpfe Brausen des am Strande sich brechenden Meeres.

Kaum zeigten sich die ersten Lichtstreifen des anbrechenden Tages, als sie ihr Lager verließ, sich traurig und träumerisch an das Fenster ihres Zimmers setzte, die dichten Locken ihres üppigen Haares den Küssen des Morgenwindes überließ und mit Wohlgefallen den scharfen Duft einsog, der sich vom Meere erhob.

Indessen flossen die Stunden dahin, ohne daß irgend etwas Marcela die Rückkehr Derjenigen oder vielmehr Desjenigen verkündet hätte, den sie erwartete; ihre Unruhe vermehrte sich allmählich, ihr Herz schnürte sich unter der Wucht einer unbeschreiblichen Angst zusammen, sie hatte das Vorgefühl eines Unglücks.

Ihre gleichgültigen Blicke irrten über das Meer, bevölkert mit zahlreichen, mit Fischern bemannten Piroguen, die sich mit freudigem Gesange entfernten, dessen Refrain auf den Flügeln des Morgenwindes an ihr Ohr getragen wurde.

Plötzlich schauderte sie und ihr Blick richtete sich auf einen Punct am Horizont, wo so eben ein Schiff erschienen war.

„Die Erlösung,“ murmelte sie.

Das Schiff lief langsam in den Hafen, ließ seinen Anker fallen und reffte seine Segel ein.

„Ich muß den Capitain sehen,“ sagte sie, „es muß sein; im Namen meiner Mutter werde ich ihn beschwören, sich endlich zu erklären.“

In diesem Augenblick ließ sich in kurzer Ent=
fernung der Galopp mehrer Pferde hören. Lindo
bellte freudig und einer der indianischen Peonen
klopfte an die Thür des Zimmers des jungen
Mädchens.

„Ninna, Ninna,“ rief er, „kommen Sie, kommen
Sie schnell, hier ist er, hier ist er!“

„Wer?“ fragte sie, indem sie rasch öffnete.

„Der Capitain,“ erwiderte der Peone.

Sie eilte in den Eingangssaal.

„Der Capitain Ortega,“ rief sie aus, „wo
ist er?“

„Es ist allerdings ein Capitain, liebes Fräulein,“
sagte ein Cavalier, der in demselben Augenblick in
das Zimmer trat, „aber nicht derjenige, den Sie
vermuthen.“

„Der Capitain Guichard!“ rief sie überrascht
aus.

„Freilich, ja,“ antwortete der Marseillaise heiter
und liebkoste den Hund, welcher sich an ihm rieb.
„Guten Tag, Sennorita, wie befinden Sie sich?
Ich stelle Ihnen hier Meister Hoursot, meinen Ge=
hülfen vor, einen sehr würdigen Mann, der nur
den einen Fehler hat, immer durstig zu sein; ich
gestehe, daß es mir in diesem Augenblick fast wie
ihm geht.“

„Der gute Capitain Guichard,“ sprach das
junge Mädchen, indem es ein freundliches Gesicht

zeigte. „Ich freue mich aufrichtig, Sie zu sehen. Seien Sie willkommen, ebenso wie Ihr Freund. Wollen Sie sich erfrischen?"

„Ich gestehe Ihnen, Sennorita, daß ich dies mit Vergnügen thun würde; ich habe soeben einen verteufelten Ritt gemacht und dabei mehr als eine Arroba Staub verschluckt, nicht war, Meister Hourfot?"

„Thatsache ist, Capitain, daß wir viel davon verschluckt haben," erwiderte der Lieutenant.

Das junge Mädchen eilte geschäftig, den beiden Seeleuten Alles vorzusetzen, was sie bedurften, um ihren Durst zu stillen; dann, als Beide bequem am Tische saßen, mit gefüllten Gläsern vor sich, nahm Marcela die Unterhaltung wieder auf.

„Durch welchen glücklichen Zufall sind Sie hier, mein guter Capitain?" fragte sie.

„Nicht zufällig, Sennorita," antwortete er, indem er sein Glas emporhob, „ich bin im Gegentheil expreß gekommen. Auf Ihre Gesundheit!"

„Auf die Ihrige ebenfalls, Capitain!"

„Hm!" meinte er und setzte sein Glas wieder nieder, „dieser Pulque ist gut, aber ein wenig schwach; ich werde ihn mit etwas Refino versetzen, das wird ihm Geist geben. Apropos, ich habe dort draußen sieben oder acht meiner Meerschweine; wenn Sie ihnen etwas zur Erquickung geben könnten ..."

„Sie haben schon, was sie bedürfen."

„Ein wahres Haus Gottes!" rief der Capitain aus, „Sie sagten also, Sennorita? . . ."

„Ich sagte nichts; S i e sprachen im Gegentheil."

„Ganz recht, ich erinnere mich."

„Haben Sie nicht Don Marcos heute Nacht gesehen, mein guter Capitain?"

„Es sind höchstens drei Stunden her, daß ich Don Marcos verlassen habe; ich habe sogar noch heut' Morgen mit ihm eine Zusammenkunft."

„Ah! Sie haben ihn gesehen?" sagte sie.

„Wir haben sogar lange Zeit mit einander geplaudert," versetzte er mit schlauer Miene.

„Und . . . war er allein?"

„Wie allein! Er hatte im Gegentheil ein Dutzend entschlossene Bursche bei sich."

„Nein, ich wollte sagen: Begleitete ihn ein Fremder?"

„Was Das anbetrifft, nein; ich habe keinen Fremden gesehen."

Das junge Mädchen erbleichte sichtlich.

„Er hat mir nur einen seiner Freunde vorgestellt, einen angenehmen jungen Mann, der mir sehr gefällt," fuhr der Capitain unerschütterlich fort; „er heißt Don Albino, glaube ich."

„Ah!" meinte das junge Mädchen, mit einem Seufzer der Erleichterung, „ah! er war bei ihm?"

„Freilich, da er ihn mitgebracht hatte; übrigens

Sennorita, müssen Sie den Grund meines Besuches erfahren: ich komme, Sie abzuholen."

„Mich abzuholen, Capitain? Um wohin zu gehen? Sie wissen wohl, daß ich in Abwesenheit von Don Marcos nicht ausgehen kann."

„Das ist gerade die Sache, Sennorita; es handelt sich einfach darum, daß Sie sich zu ihm begeben."

„Mich zu ihm begeben! Und aus welchem Grunde?" fragte sie erstaunt.

„Danach fragen Sie mich zu viel, Sennorita. Ich weiß es nicht; aber wenn Sie einwilligen und mir die Ehre erweisen wollen, mir zu folgen, so werden Sie es sogleich erfahren, denke ich. Don Marcos ist nicht der Mann, unüberlegt zu handeln."

„Müssen wir sehr weit gehen, Capitain?"

„Etwa eine Meile, höchstens anderthalb Meilen. Ich habe eine Zusammenkunft mit Don Marcos in dem Chapparal der Punta-de-Cabra. Sie sehen, das ist ein Spaziergang. Und nun, wenn Sie genug Vertrauen zu mir haben, um meine Begleitung anzunehmen, stehe ich zu Diensten."

Das junge Mädchen war nachdenklich geworden.

„Es sei," sagte sie, „ich bitte Sie nur um einige Minuten, um mich bereit zu machen."

„Thun Sie Das, thun Sie Das, Sennorita; ich habe Zeit. Ah! hören Sie; haben Sie nicht von dem Capitain Ortega gesprochen? Nun, es ist wahrscheinlich, daß Sie ihn auch sehen werden."

Das junge Mädchen warf einen fragenden Blick auf ihn, aber er that, als bemerkte er ihn nicht.

„Gehen Sie, Sennorita,“ sagte er, „Meister Hoursot und ich werden trinken, während wir Sie erwarten.“

Donna Marcela verließ ganz träumerisch den Saal. Der Capitain und der Lieutenant fuhren ruhig in ihren ernsten Angriffen der vor ihnen stehenden Flaschen fort.

Nach kaum einer Viertelstunde erschien das junge Mädchen wieder. Sie war bereit; diese Viertelstunde war von den beiden Seeleuten gut benutzt worden: die Flaschen waren leer.

„Brechen wir auf,“ sagte der Capitain.

Sie traten hinaus.

Auf einem Wink des Marseillaisen bestiegen etwa zehn Seeleute, welche er mit sich geführt hatte, und die bewaffnet waren, ihre Pferde.

Lindo war zugleich mit seiner Gebieterin hinaus=gegangen, als er sah, daß sie sich auf ein für sie bereit gehaltenes Pferd schwang, ließ er ein freu=diges Bellen hören und machte Sprünge um das Thier, indem er sich auf seine Hinterfüße empor=richtete, um seine Gebieterin zu liebkosen.

Diese wollte ihn in das Haus zurückkehren lassen.

„Bah! lassen Sie das gute Thier mitkommen,“ sagte der Capitain endlich, „warum es einschließen? Es ist so glücklich, Ihnen folgen zu dürfen.“

„Nun, ich willige darein. Komm, Lindo und sei artig!" sprach Donna Marcela.

Der Hund stieß ein Freudengeheul aus und schoß wie ein Pfeil davon; die Reiter folgten ihm in Galopp.

———————

IX.

Lindo.

Das Boot der Schmuggler erreichte, kräftig fortbewegt durch seine zwölf Ruderer, die Küste gegen acht ein halb Uhr Morgens und landete bei einem ziemlich weit vorspringenden Vorgebirge, die Punta-de-Cabra genannt, in einer kleinen sandigen Bucht, wo schon ein anderes Fahrzeug auf den Strand gelaufen war.

Dieses Boot war das der keuschen Susanne. Die Masten und Ruder waren auf den Sand geworfen worden, mehre Wachtposten der Zollbeamten standen um dasselbe.

Ein wenig abseits befand sich eine Gruppe von einigen dreißig Seeleuten und Schmugglern, die im Kreise auf dem Sande saßen, rauchten und miteinander plauderten, ohne sich, wie es schien, um die Steuerbeamten zu bekümmern, welche, in einer Anzahl von ungefähr fünfzig Mann, sie bewachten und von einem Offizier befehligt wurden, der leicht an seinen Goldstickereien und seinem betreßten, mit Federn besetzten Hute zu erkennen war.

Ein Dutzend Maulthiere, an Pfähle befestigt, standen mit gesenktem Kopf neben einer Anzahl Ballen, die mit einer gewissen Symmetrie aufgeschichtet waren und von zwei Posten sorgsam bewacht wurden.

Die unvermuthete Ankunft des Schmugglerbootes verursachte eine gewisse Aufregung unter denn verschiedenen Gruppen, von denen wir gesprochen haben, und war die Veranlassung zu einer Menge von Muthmaßungen.

Die Seeleute hatten sofort erkannt, daß die Ankommenden ihre Freunde waren; allein die Anwesenheit des Commandanten und des Zolladministrators unter ihnen schien ihnen unerklärlich. Die Douaniers dagegen, denen die Neuangekommenen aus vielen Gründen sehr verdächtig waren, tauschten unruhige Blicke mit einander aus und hielten ihre Waffen bereit für den wahrscheinlichen Fall, daß sie angegriffen würden; aber mehr als die Seeleute waren sie überrascht über die Gegenwart der beiden Offiziere unter den Schleichhändlern. Mit einem Wort, die Neugierde war unter den Seeleuten und Mexikaner gleich lebhaft erregt.

Nach dem Rath des Capitain Ortega hatte Don Remigo Valdez dem dienstthuenden Offizier die Ordre ertheilt, die Schmuggler zu überraschen

und bis zu einem neuen Befehl in der Punta=de=
Cabra zu bleiben, die Gefangenen aber nicht aus
den Augen zu lassen: der Commandant des Kreuzers,
welcher seine Pläne hatte, wollte im Stande sein,
dem Kapitain seine Waare wiederzuerstatten, wenn
er sich gütlich mit ihm einigte; wie man sieht, hatte
der Erfolg seine Erwartungen gekrönt.

Kaum war das Vordertheil des Fahrzeuges auf
den Sand gelaufen, so sprangen die beiden Mexi=
kaner an's Land.

Der Offizier der Douane eilte ihnen entgegen.

„Capitain," sagte Don Remigo Valdez würdig
zu ihm, „wir sind durch falschen Rapport getäuscht
worden; das Steuerpatent dieser braven Seeleute
ist vollkommen ordnungsmäßig. Wollen Sie ihnen
also gleich die Freiheit wiedergeben, damit sie ihre
Waaren führen können, wohin es ihnen gutdünkt.
Entschuldigen Sie uns wegen des bedauernswerthen
Mißverständnisses, welches jedoch von Neuem beweist,
mit welcher Wachsamkeit und Treue die Regiernngs=
beamten ihre Pflicht zu erfüllen wissen."

Nach dieser Rede, durch welche Niemand ge=
täuscht, die aber lebhaft applaudirt wurde, wandte
sich Don Remigo zu Don Marcos, der unbeweglich
und nachdenklich neben ihm stand.

„Sind Sie befriedigt, Caballero?" fragte
er ihn.

„Ich danke Ihnen aufrichtig für die loyale Art,

mit der Sie Ihr Wort halten, Caballero," er=
widerte der Schmuggler und verbeugte sich mit
besonderer Höflichkeit.

Auf Befehl des Mauth=Offiziers waren die
französischen Seeleute und die Schmuggler frei=
gegeben, die Waffen und Waaren ihnen wieder
erstattet worden und die Douaniers hatten ihre
Pferde bestiegen.

„Beladet die Maulthiere," befahl Don Marcos.

„Kann ich mich nun entfernen, Sennor?" fragte
Don Remigo.

„Ich bitte Sie, Sennor, noch einige Minuten
zu verweilen, ebenso den Sennor Ortega."

Die Bitte Don Marcos' war ein Befehl. Der
Administrator und der Capitain verstanden es so;
sie machten keine Einwendung. Don Remigo war
indessen ziemlich beunruhigt; dagegen blieb Ortega
kalt und ruhig.

Die Maulthiere waren in einem Augenblick beladen.

„Brecht auf," befahl Don Marcos.

Und da Don Stefano im Begriff war, sich mit
den Schmugglern zu entfernen, welche die Waaren
escortirten, sagte er freundlich zu diesem:

„Verzeihen Sie, lieber Don Stefano, ich bitte
Sie noch zu weilen; zehn Mann genügen."

Der Lieutenant blieb ungeachtet der freundlichen
Worte seines Chefs mit ziemlich unruhiger Miene
stehen.

Sobald die Maulthiere fort waren, mischten sich die französischen Seeleute, nachdem sie drei der Ihrigen zur Ueberwachung der Boote zurückgelassen hatten, unter die Schleichhändler.

Die Douaniers standen noch immer unbeweglich in einiger Entfernung.

Don Marcos neigte sich zu Don Albino und sprach einige Minuten leise mit ihm.

Sicherlich war Alles bis zu diesem Augenblick mit der vollkommensten Höflichkeit zwischen den Douaniers und den Schmugglern verhandelt worden; indessen empfanden Alle, von dem Ersten bis zu dem Letzten, eine unbestimmte Unruhe, die sie sich nicht erklären konnten. Trotz der liebenswürdigen Miene, welche Don Marcos annahm, weissagten seine bleiche Stirn und düster zusammengezogenen Brauen den Sturm für Die, welche ihn kannten.

Don Albino war ohne Aufsehen neben Don Stefano Lobo getreten und hatte eine Unterhaltung mit ihm begonnen, die der Schmuggler — wir müssen ihm diese Gerechtigkeit widerfahren lassen, — nur sehr zerstreut zuhörte, denn sein Gewissen war durchaus nicht ruhig.

„Meine Herren," sprach Don Marcos, „da unser Weg beinahe derselbe ist, so lassen Sie uns, mit Ihrer Erlaubniß, eine kurze Strecke zusammen machen."

„Dies wird ein Vergnügen und eine Ehre

für uns sein," antwortete Don Remigo unterwürfig.

„Verzeihen Sie, mein Herr," sagte der Capitain und trat rasch einige Schritte vor. „Wenn es dem Sennor Don Remigo Valdez beliebt, Sie zu begleiten, so ist das seine Sache: er hat vollkommene Freiheit, nach seinem Gefallen zu handeln; ich aber muß Ihnen offen gestehen, daß ich hierher gekommen bin, um die festgesetzten Bedingungen zu erfüllen. Nun, da Alles zwischen uns geordnet ist, rufen mich andere Pflichten und gestatten mir nicht, länger in Ihrer Gesellschaft zu verweilen, so ehrenwerth dieselbe auch außerdem sein mag."

Ein zufriedenes Lächeln glitt über die hochmüthigen Lippen des Schmugglers, als er diese Worte vernahm.

„Der Capitain Ortega irrt sich," sagte er sanft; „es ist noch nicht Alles zwischen uns beendet; ich ersuche ihn daher, noch einige Zeit zu bleiben."

„Nicht eine Minute," antwortete dieser schroff, „ich weiß nicht, auf was Sie anspielen; ich kenne Sie nicht."

„Sind Sie dessen so gewiß?" fragte der Schmuggler und blickte ihn scharf an.

„Mein Herr," rief der Capitain zornig aus, „Sie beleidigen mich."

„Ich beleidige Sie, mein Herr? — und wodurch,

wenn's beliebt? Vielleicht weil ich Ihre Erinnerungen auffrischen will?"

Der Capitain wurde leichenblaß; er wankte,
wie von einer plötzlichen Betäubung ergriffen.

"Hüten Sie sich!" rief er mit dumpfer Stimme.

"Hüten Sie sich selbst," antwortete der Schmuggler,
"ich werde mich nicht ermorden lassen."

Und er stellte sich dem Capitain gerade gegenüber, indem er mit einem Blicke höchster Verachtung
niederschmetterte.

"Meine Herren, mäßigen Sie sich, um Gottes-
willen!" rief Don Remigo. "Im Namen des
Himmels, was bedeutet das?"

"Was dies bedeutet? Sie werden es gleich
erfahren," begann der Schmuggler von Neuem.
"Treten Sie Alle näher," fügte er mit einer
energischen Geberde hinzu; "treten Sie näher! denn
Sie müssen Zeuge sein von Dem, was hier vorgehen wird."

Ein dichter Kreis bildete sich sogleich um Don
Marcos.

Nur die Mauthbeamten wollten durchaus bei
Seite bleiben; sie sahen einen Conflict voraus und
wollten sich das Feld frei halten.

"Don Stefano Lobo," sprach Don Marcos zu
diesem, "sind Sie endlich entschlossen, zu sprechen?"

"Ja, Sennor," antwortete demüthig der Schleichhändler.

„Bedenken Sie, daß ich die volle Wahrheit von Ihnen erwarte."

„Ich werde sie sagen, Sennor, welche Folgen auch für mich entstehen mögen."

„Sprechen Sie, wir hören."

„Nun denn," meinte der Capitain mit Ver-achtung, „was kann dieser Elende sagen, seine Worte werden einen Ehrenmann nicht erreichen."

„Aber Sie sind kein Ehrenmann, Don Lucio Ortega," rief Don Marcos heftig; „Sie sind ein Mörder! — — und hier ist Ihr Mitschuldiger."

Bei dieser blitzschnellen Anklage erhob sich ein furchtbarer Tumult, welchen Don Marcos durch einen Wink beschwichtigte.

„Ja," fuhr er mit mächtiger Energie fort, „die Stunde ist endlich gekommen, damit Licht werde. Seit zwanzig Jahren bin ich das Opfer einer schrecklichen Verläumdung, seit zwanzig Jahren stehe ich unter der Anklage eines Mordes. Ich habe gelitten, ohne mich zu beklagen. Ich ver-traute auf Gott, und wußte, daß früher oder später die Stunde der Rache schlagen würde. Zwanzig Jahre lang bin ich dem wirklichen Mörder Schritt für Schritt gefolgt, ohne daß es mir ge-lang, ihn zu entlarven: heute ist er in meiner Macht, es muß Gerechtigkeit geübt werden. Sprechen Sie, Stefano, sprechen Sie, ohne Furcht!"

„Lüge! Lüge!" schrie der Capitain wüthend.

„Zu mir, Soldaten! Feuer auf diese Elenden! Nieder mit ihnen! nieder!"

„Haltet ein!" rief Don Remigo rasch den Douaniers zu, die im Begriff waren zu laden, „Haltet ein! ich befehle es Euch!"

Die Situation war kritisch, ein Conflict unerläßlich, die Mauthbeamten hatten ihre Lanzen gesenkt, die Schmuggler ihre Flinten geladen.

Da ließ sich plötzlich rascher Hufschlag vernehmen, und etwa zehn Reiter brachen sich wie ein Sturmwind Bahn durch die beiden Parteien.

Der Capitain Guichard und Marcela sprengten an der Spitze der Ankommenden heran.

„Endlich!" rief Don Marcos freudig aus, als er das junge Mädchen erblickte.

„Verflucht!" brüllte Ortega in dem Paroxismus der Wuth.

Und durch eine plötzliche Bewegung befreite er sich von Denen, die ihn zurückhalten wollten, zog seinen Degen und stürzte auf Don Marcos los, den dieser rasche Angriff vertheidigungslos überraschte; mit durchbohrter Brust sank er zu Boden.

„Ah!" rief Donna Marcela verzweiflungsvoll.

Mit mächtigem Satz sprang der Neufundländer auf den Capitain los, packte ihn an der Kehle und warf ihn nieder auf den Sand.

Es herrschte einen Augenblick eine unbeschreibliche Verwirrung.

Die Freunde Don Marcos' waren zu seiner Hülfe herbeigeeilt.

Der Hund war indessen mit so entsetzlicher Wuth auf den Capitain eingedrungen, daß man diesen nur mit großer Schwierigkeit von dem Thier befreien konnte.

„Sprechen Sie, Stefano, sprechen Sie!" riefen alle Anwesenden.

„Ja, es muß sein," sagte der Schmuggler. „Gott verzeihe mir, Don Lucio Ortega ist der Mörder Don Rafael's. Er liebte Donna Antonia, dessen Weib, und wollte sie ihm rauben. Ich war im Dienste Don Rafael's; ich habe Don Lucio die Thür des Rancho geöffnet. Die unvermuthete Ankunft Don Marcos' hat allein unsere Pläne scheitern gemacht. Das ist die volle Wahrheit: ich beschwöre es bei unsrer Schutzheiligen von Guadalupe und auf meinen ███, den ich einst im Paradiese hoffe."

„Oh!" rief Donna ██████ indem sie von ihrem Pferde sprang ███████ Marcos zu stürzte, „Verzeihung, ██████████ Vater!...."

Der Capitain erhob sic███████ eder. Er war gräßlich anzusehen, furchtb██████ durch den Kampf gegen den Hun██████ut floß in Strömen aus zwei schrecklic█████nden, die er an der Kehle hatte; er h██████ch nur mit Mühe aufrecht, aber in seinen verzerrten Gesichts-

zügen las man den Ausdruck einer entsetzlichen
Freude.

„Ja," rief er mit durchdringender Stimme, „ja,
ich liebte Antonia; ja, ich habe ihren Gatten ge=
tödtet. Ich sterbe, — aber ich sterbe zufrieden; denn
mein Feind wird mich nicht überleben."

„Hm! der abscheuliche Mensch!" rief der Mar=
seillaise aus.

Und er nahm eine Pistole aus seinem Gürtel
und entlud sie ihm gerade in's Gesicht.

Der Elende stieß ein tigerartiges Brüllen aus,
sprang empor und fiel wie eine plumpe Masse auf
den Sand.

Indessen umringten die Douaniers und Schmugg=
ler Don Marcos, den die in Thränen aufgelöste
bleiche Marcela in ihren Armen hielt.

„Meine Freunde," sprach der Schmuggler mit
schwacher Stimme, ... Euch; Eure Be=
mühungen sind .... ühle, daß ich sterben
werde. Gebt M............ Euch darum."

„Jeder wich ....

„Don Alb............?" fuhr er fort.

„Hier bin .... reund," antwortete traurig
der junge M............

„Mein G............ Gott, mein Vater!" sagte
das junge Mä............ verzeiht mir, ich war undank=
bar; Ihr war .... ut, so zärtlich immer! Oh!
Ihr werdet nicht sterben; es ist unmöglich."

„Ich sterbe, Marcela; ich fühle es, ich habe nur noch einige Minuten zu leben. Gebt mir Eure Hand und Ihr, Albino, die Eurige; seid glücklich, meine Kinder!"

„Nein, Ihr werdet gesund werden mein Vater; es muß sein," sagte das junge Mädchen wieder, durch den Schmerz verwirrt.

Don Marcos machte eine letzte Anstrengung, neigte sich an ihr Ohr und flüsterte mit schwacher Stimme wie ein Hauch: „Marcela, ich liebe Dich! Du siehst wohl, daß ich sterben muß!"

Dann sank er rasch wieder zurück und verschied.

Marcela lag ohnmächtig in den Armen Don Albino's.

„Bei Gott!" rief der Capitain Guichard aus und fuhr mit der Hand über seine Augen; „dieser Don Marcos war ein ächter Mann."

———

Ende des ersten Bandes.

Druck von Oswald Kollmann in Leipzig.

Inhalt des ersten Bandes.